莫失莫忘

——我的人生路

莊自力　口述

林祖輝　筆錄

目　錄

序一

林廣潤牧師
香港浸信教會牧者

「聽著，我要告訴你們一個奧秘：我們並不是都要死亡，乃是都要改變。」

這是一個生於二十世紀，四十年代悲哀家庭的故事。

莊自力生命改變的奇蹟，始終——家。

家——理應帶給人愛和溫馨，可惜，現實世界並非如此。莊自力細緻描述他的童年，家代表冰冷、飢餓、痛苦……然而童年極度惡劣的家，塑造了他堅毅、勇敢、忠誠、盡責的生命。

成長獨立階段，莊自力跳脫童年的厄運變成一個不輕易放棄，樂於接受新挑戰的硬漢子。

他憑藉情和愛，來建立自己的家，務求每一位摯愛的家人和兒女得到保護、幸福和溫飽。

莊自力艱辛的成長路充滿上帝的介入同行足跡。在讀

書、教會和信仰生活上天父一步一步引導他踏上實在和不一樣的路途。

一九五九年他開始尋找失散三十七年的生母，在未有互聯網的時代，這段非凡尋親之旅是妄想骨肉團聚更是奢望。然而，樂意憐憫施恩給人的上帝兑現祂的應許：「尋找的，就尋見叩門的，就給他開門。」(《馬太福音七8下》)夢境成真，莊自力至終與生母在神的愛裡傳奇地重逢相認，實在是神蹟！

莊自力弟兄的家不再孤單，天父為他預備同心同行的委身愛妻聰敏孝順的「好好子」。即使妻子廿多年前病逝，為了兒女家庭關係，他決意不續弦。

我有幸認識莊自力弟兄一家人，為他三位兒女作婚前輔導。他白手興家，在維繫家庭關係上，他有一個妙方就是每周固定一個晚上，兒孫們定必回家和他一起吃晚飯。所有家庭成員開心相聚，閒話家常。兒女們藉父親製造的平台，延續相親相愛之情。當今婚姻家庭解體的後現代，弟兄的模範值得我們多多學習。

他的五個兒女都信主了，兒孫亦在教會成長認識真理。

「當信主耶穌，你和你一家都必得救。」(《使徒行傳十六 31 下》)

莊自力弟兄的家改變了！

他的家——充滿溫情和歡笑！

序二

楊柏滿牧師
前香港浸信教會主任牧師

感謝莊弟兄邀請我在他的自傳中寫這篇序。在認識莊弟兄的十多年裡面，曾經聽過他講述生命中一些片段，但在閱讀自傳的過程中對他有更深的認識。每個人都有自己的生命故事，但他的生命故事很特別，例如很少人會不知道自己是何年何月何日出生，或是要改變自己的姓氏等。這本自傳是按莊弟兄口述記錄下來，內容豐富，記載了他人生大大小小的事，有令人感動的時刻，也有令人會心微笑的時候。莊弟兄的人生歷練非常豐富：童年的漂泊生活，被賣與被虐；到有機會在社會工作，努力打拼；及後白手興家，建立家庭，為子女謀幸福；著著顯出香港人熟悉的「獅子山下的精神」。他有很多值得學習的品格，例如誠實、勤奮、忠心等，但自傳並非單說他成功或做得對的事，也記錄了因他的壞脾氣而做得不適當的事，讓讀者對他的認識更加全面。

信仰在莊弟兄生命中佔了一個很重要的位置。他的人生有很多值得感恩的事，在茫茫人海中尋到失散多年的生母是其中的表表者。難怪他時常對我說：「楊牧師，祈禱真是有用的！我能夠找到生母也是靠祈禱……」作為他的牧者，聽見他這樣說，心裡實在感恩。除了尋母事件外，值得感恩的事情還有很多。他有一個賢淑及持家有道的妻子，默默地在公司一同工作來支持他，無論生活如何也從來沒有一句怨言，是賢妻良母的模範。他也有五個孝順和懂事的子女，全部都是基督徒，在母親患病的時候照顧她，為她禱告，離世前領她歸主。幾年前莊弟兄病重，接近垂危階段，但在子女和教會不斷禱告之下康復過來。這是何等大的恩典！自傳中也記載了他在工作上或生活上遇到一些危險的時刻，都是靠著上帝的恩典渡過。

在自傳的最後部份他提及信仰中的「兩難」。這個問題很久之前他也和我簡單談過，但未能解開他心中的結。願聖靈親自光照他，幫助他作合神心意的決定。祝願莊弟兄有堅定的信心一生跟從耶穌，榮神益人。

序三

趙國榮

我轉眼認識了莊自力先生超過十年，我們雖然不常見面，但是友誼深厚。莊自力先生溫柔敦厚、幽默風趣，常懷亦子之心，和他交誼，如沐春風！讀完莊自力先生的傳記，知道他的人生經歷，對他更添敬佩！

莊自力先生少時候因為親生父親染病，被賣給另一戶人家，生逢動蕩時代，顛沛流離，來到香港，生活艱苦，白手興家之後，愛妻突然離世，可是他無悔無怨，積極樂觀地生活，不為別人添麻煩，只為別人送祝福，我是這樣看莊自力先生：

—從他沒對莊家兄姊怨恨，反而侍奉養母，頤養天年，我看到他的寬大為懷。

—從他對親生父母的掛念，並且鍥而不捨地尋親，我看到他的摯誠孝道。

—從他對太太生前愛眷，歿後思念，我看到他的堅貞

愛情。

—從他對子女的欣賞，提拔和愛顧，我看到他的恢宏大愛。

—從他對賞識他的老板鞠躬盡瘁，我看到他的精誠樸實。

—從他對自己要求嚴格，不斷提高自己水平，我看到他的堅毅不屈。

—從他對商業領域義無反顧地開拓，到非洲找尋商機，在香港創立事業，克服困難，終致成功，我看到他的亦剛亦柔。

—從他對信仰的堅持與投入，我看到他的堅定信心。

總的來說，我從莊自力先生的生命，看到人性的良善與馨香！

二〇二二年一月

序四

林祖輝

Kenny 是我大女兒同學的爸爸，不經不覺大家認識了有十年時間，前兩三年他們經常在周日帶同子女到我家玩，當小朋友在玩耍的時候，大人們亦天南地北。一次，Kenny 偶爾提到他本來想為他爸爸寫一本自傳，但整個安排只在起步的階段。我最初本著八卦的心態問 Kenny 可否給我看看最初稿？看完這約二千字的初稿後，有很多不同的畫面浮現在我眼前，加上根據 Kenny 講述他爸爸之後的遭遇，原來也非常傳奇性，於是我自告奮勇説可以試試幫 Uncle 代筆完成這本自傳。其實已經有二十年沒有寫書，但當中的過程非常愉快。

看人家的自傳就好像在八卦人家的一生，幫人家寫自傳更像坐在握手位近看這位伯伯的生平。

莊伯伯在過往的日子裡無論在家庭、學業、工作、宗教上都有很多不一般的經歷。很多很重要、很感人時刻，今天他憶述起往事時，他始終是一種輕描淡寫的感覺。

不經不覺經歷了兩年多的時間，全文有三萬五千字，先後有二、三十個版本，到現在總算接近「小」功告成，其實在整個過程之中，Kenny 做了很多協調及整理資料的工作，沒有他的協助，可能要更加長的時間才可完成。更重要的是在整個過程中，充分感受到莊伯伯跟子女之間深厚感情，希望在我有限的文采之中可以展現到當中的一二。

當收到這本書完稿的時候，我的爸爸剛到了天家，若莊伯伯不介意的話，我希望借此送給我尊敬的父親。

莊伯伯隻身在香港打拼的故事，是一個典型但又不平凡的香港故事，他見證著香港上世紀七、八十年代的經濟起飛，當中的經歷可以令讀者體會到不少做人處世的道理，並可在困難逆境之中得到無窮的鼓勵。

最後祝莊伯伯身體健康，繼續在商界笑傲江湖。

子女的情深說話

My Parents, My Pride

My parents didn't tell me how to live. They live(d) and let me watch them do it. Now, I am proud to say that I walk through my life confidently because I was raised by true warriors, my parents.

To Dad

Dad, that proud moment for people ever knows you say: "I know your father. He is a good man." "Handsome Francis" (the nickname crowned on our father) gives strong and tender discipline, provides in every means to make our dreams come true. The Hero never gives up, and does not give in. The ups

and downs and in-betweens in his life and ours, he turns them becoming more meaningful adventures.

You are awesome, Dad! But you know what they say, "Like father like daughter!" Thank you for no reason and thank you for Every reason.

"如果你迷戀厚實的屋頂，就會失去浩瀚的繁星"

Now I am telling the kids in our "CHONG" that "The Hero Francis" has built us a strong standing beautiful house; we would always look up to him, A Warrior in life, and A Winner of life.

Our father has conformed to our Lord Jesus. He teaches us in all Godly ways and leads us to take the right path, to server our Lord with praise. We all love You dearly. So Cheers to the "Handsome Francis", our Hero, our Pride and our Forever Love.

Sharing

The poignant verses of a soul-stirring song by singer Ku Kui-Kei have revealed a profound insight that we have continuously overlooked, and tugging at the strings of our hearts：“不要愛得太遲：盲目地發奮 忙忙忙其實自私；夢中也習慣有壓力要我得志。最可怕是愛需要及時，只差一秒，心聲都已變歷史”！

Dad, please know that your beloved children and grandchildren will always gather for meals and stand by your side. We love you unconditionally, through the joyful, hectic, and challenging days, just as you and mom have been there for us. WE LOVE YOU!

Winnie

我從父親身上看到他堅定的意志和毅力，他的努力和不放棄的態度，令他在任何難題和困境都能夠克服和渡過。

最重要的是父親長久的向天父祈禱，並找回他多年失散的親母和親弟妹的見證，看到神的恩典。

William

從小到大，寫文章對我來説並不太難，尤其在深夜寂靜之時，靈感特別豐富，我可以滔滔不絕，把所想的粉飾一下流淌出來，幾千字輕而易舉。但當我這次要寫給爸爸，我不想塗脂抹粉，我只想寫打從心底裡一直沒有對他講的説話。許多個晚上，待家人都睡了，我便執起筆，寫了、刪去；寫完、再刪掉；最後還停了……我還以為是因為我要跟爸爸説的話實在太多，不知從何寫起……

直到前幾天跟爸爸出席一個因疫情停辦了多年的商會活動，許多人一看見他也走過來跟他問好，爸爸的魄力、爸爸的風度、爸爸對人的親切真誠、爸爸今天得到這麼多人的尊敬，令我突然感到對他十分愧疚。當爸爸站在一旁休息時，看見他的身影，我鼻子酸一酸，想起他一直對我的包容，給我的愛護；加上前幾天在教會培靈會上天父給我那狠狠的教訓，我才知道我一直寫不出這序言是因為：「爸爸，我沒有做

好女兒的本份……」

一個從小沒有得到父愛的爸爸，卻這麼懂愛我們五個「各有性格」的孩子；您一生勞碌，只為了要給這個家最好的！

一個不曾看過父親愛護妻子這一幕的爸爸，卻用盡一生去愛自己的妻子。就算媽媽已返了天家，您這愛也從沒減退過！

一個從小沒有溫飽，乳臭未乾已要打工賺錢為交學費的爸爸，卻這麼堅持自己怎樣辛苦工作，也要給我們接受最好的教育，給我們溫飽。還記得我們小時候，媽媽身體一直不太好，爸爸您一星期工作六個整天，星期天還堅持帶我們五個去游水、去野餐、去公園，讓媽媽可以安靜地休息一下，也讓五個「活潑可愛」的我們能盡情跑跑跳跳，放放電。但爸爸，我們小時候卻不曾聽過您說您疲倦！

一個從小給人看不起，甚至被欺負、被毒打也要強忍的您，現在卻處處受人敬重及佩服！您對人的誠懇、氣量的廣闊、從不跟人斤斤計較，不但為我們五個兄弟姊妹立下好榜樣，您的孫兒女們也因為有從小便在充滿愛的家庭長大的爸媽，他們從小也特別看重親情的可貴！

爸爸，感謝您從小教導我們就算給人欺負，受了屈冤，只要做人堂堂正正，問心無愧，便不用事事計較。感謝您從

小就讓我們認識天父，每個星期天例必把正在甜夢的我們吵醒，拖著五個還睡眼惺忪，口角和衣服可能還黏著麵包碎的孩子去教堂。其實還真不容易呢！可是您的堅持，卻帶給了我們一生中最珍貴的禮物——永生的恩典呢！

天父不喜歡我們自誇，但我有這麼一個「為了家甘願背起重擔，怎樣辛苦也默不作聲；天天辛勤工作但晚上總起床幾次只為看看我們五個孩子有沒有蓋好被；自己節儉得可怕卻全為了要給家人不缺乏；堅持人的『富足』不在於金錢，而是在於一個人的品格：有骨氣、愛己愛人、要待人真誠，也要有容人之量的氣慨；也在於那難能可貴、真摯美麗的親情」的爸爸；活在當下，大家為生活各自忙碌，幸好爸爸努力的維護這個家，要所有家人每星期也要相聚，一家人才能維繫這樣親密的關係！所以，天父，請容讓我自誇一下，我除了有天上的祢給我的「富足」，還有地上祢賜我這為家人默默付出的爸爸那「富足」，我是多麼的幸福！

爸爸，衷心感謝您為這個家所付出的犧牲，您永遠是我的驕傲！I LOVE YOU !

Constance

每當想起爸爸，腦海裡第一個印象總是您的親切慈祥的笑容。用慈父去形容您最貼切不過！我們小的時候您總是不辭勞苦去為一家大小的生活拼命工作。當我們長大了，媽媽回天家後，爸爸便也充當了媽媽的責任，噓寒問暖，關心我們生活上的一切大小事項。到我們有了自己的家庭，小孩，他的關懷也延伸到我們的另一半及孫兒。我從來也沒聽到過您半點埋怨或不耐煩。您只顧不斷的付出。爸爸您把一個好爸爸的榜樣用您自己的一生展現給我們看。爸爸，我們看到了，也從您身上學習了！您困苦的童年，及和媽媽一同辛苦創立事業的那些年，以致您如何供養照顧香港的祖母，及不怕困難重重尋回你自小失散的家人，給我們活生生上了人生最寶貴的課，用言行教導了我們正確的人生價值觀。爸爸，我感謝神給了我們兄弟姊妹一個偉大的爸爸！媽媽在天堂看著您如何在這些年把我們照顧得那麼好，我深信她也必定在

為您鼓掌，給您一萬個「讚」，並等待將來在天堂再和您大擁抱！爸爸，爺爺，公公，我們和您的孫兒女們永遠愛您！願賜生命的神大大祝福您！

Benny

「身教重於言教」，我非常深信這個道理，亦從小開始，爸爸便成為我第一個生命導師。他教會了我如何成為一個有勇氣、有毅力和誠實的人。教會我成為一個對信仰和禱告認真的人。

雖然他從小已經生活艱難，奇妙的是，爸爸沒有將自己童年的遭遇成為他生命的絆腳石，相反地，我在他身上看到的，是勇於面對困難那份無窮的毅力。這麼多年以來，他會不辭勞苦，關心別人的需要，加上他以正直誠實的心去待身邊的每一個人，從不計算回報，所以他一直以來贏得很多生意夥伴的信任。但對我影響最深遠的，是他對妻子(即我們深愛的母親)那份深厚的感情，以及他對家庭無施的奉獻，再忙也好，他總是把家庭放在第一位。

Although I am a father of two, my father was the one I always thought would make everything right, a man I could

always rely on, whether I was four years old, or forty years old. When I was drowning in hot water, he always came to rescue. He always stand behind me, to love and protect me.

To quote John Wesley,

'Do all the good you can, by all the means you can, in all the ways you can, in all the places you can, at all the times you can, to all the people you can, as long as ever you can.'

致謝：

感謝祖輝兄的幫助，義務用上了無數的晚上，在百忘中訪問爸爸，然後輯錄成這本傳記，我們原意只希望記錄爸爸的事跡，讓我們的兒女可以從爸爸的一生，學習到堅毅不屈，正直善良，不會受環境影響、不讓命運去決定自己的品格。

Kenny

October 2022

～獻給我在天上心愛的妻子，
以及照顧我妻子的天父～

由出生至被賣

一九四〇年，我於福建莆田出生。

至於是何月何日出世，我不知道。我的生父母從來沒有提起過，童年時亦從沒有任何慶生活動。其實我也不肯定是否真的在一九四〇年出世，適逢中日戰爭，每個人都朝不保夕，大家不理會自己是哪日出生，只擔心何時會離開這個世界？

我的童年很簡單，就是被「飢餓」與「貧窮」所籠罩，兩種情況很接近但有所分別。飢餓是個人的一種突發感覺，每天都會發生幾次；但貧窮是所有人一起持續的經歷，好像沒完沒了，除非突然間急需要錢或需要物資，平日大家對貧窮都習以為常，不會突然想起。

我很熟悉飢餓的感覺，那種感覺其實很具體，它好像一

個漩渦在肚子裡，不停的往下轉，而且有股強大的吸力帶走我們的力氣、皮肉甚至骨頭。這個無底深淵，不時會發出「咕嚕咕嚕」的聲響，就算不停飲水，亦無法掩蓋這種無助的感覺。

貧窮就像瘟疫一樣蔓延到我的周圍，那時每個人臉上都鋪上厚厚的灰塵，街上的小朋友都好像目光呆滯，天天對食物的期盼掩蓋了大家的童真，埋沒了我們與生俱來的笑容，幾乎每個人都會天天在擔心我們所住的木屋，何時會塌下來！

可能身邊每一個人都很窮，分別只是比較窮，和非常窮。大家同樣未嚐過真正甜蜜的滋味，亦不會覺得自己每天都活在痛苦之中。

至於母親的故事，例如她母親何時跟爸爸結婚？他們有沒有經過自由戀愛？我都不知道。那個年代的小孩，沒有機會接觸外邊的世界，自己亦不會問大人，皆因問了他們都未必會答你，更加沒有人會主動告訴你任何事情。

由於醫療和環境衛生的問題，懷孕難產和初生嬰兒夭折是很平常的事，我的兄弟姐妹沒有一個長得大，我變成家中唯一的「獨子」。適者生存，我就是僅存的一個，是命運，是天意？我不知道，亦不會去想。

我們在莆田住的地方非常簡陋，當時大部分的房子都是用木材建的，我們的那間是用泥建成，沒有燈光，沒有瓦頂，更沒有大門，只有牆上一個個破洞，從屋內可以見到屋外的豬隻在四圍走動，我們從不會覺得被牠們打擾，因為其實是我們鵲巢鳩佔。

若果下大雨的時候，問題會更大，雨水令屋內一切都變得粘糊糊，再混合豬的氣味和「噶噶」的叫聲，好像活在一個豬的地獄似的，令人格外煩惱。

反正雨不是天天的下，當時我經常這樣安慰自己，有一個固定的居所已經不錯。想不到我一語成讖，父親開始需要到其他地方工作，之後幾年間搬了四、五次家，那些所謂房子，有泥造，有木造，總之跟莆田的豬舍的質素沒有兩樣。於是我將自己的要求再作調整，那時「家」對我來說就是四幅牆（甚至三幅牆），一片地面，晚上一家人倚靠在一起，就已經足夠。

記得有一次要搬家，父親將我放在竹簍中，由挑夫背了我好幾小時，由白天行到夜晚。途中會經過一個森林，我永遠都不會忘記夜行在其中的情景，林內漆黑一片，但亦非常熱鬧。無數動物和鳥類既遠且近的在叫著，好像在討論我們這群不速之客是何方神聖，感覺非常恐怖。那時我只好將雙

眼埋在衣服中，不敢探視四周的環境，這或許也影響到我日後，對黑夜總有種莫名的恐懼。

我的童年大部分時間都是和母親朝夕相對。我叫媽媽做「Nim Nim」，Nim 是福建話「奶」milk 的意思。母親很少說話，每天除了做家務和造飯之外，她就會不停的用草繩做布鞋，變賣後幫補家計。

有一年快要過年，我們家裡已經連半粒米也沒有，別說過年，當天的伙食還沒有著落。巧婦難為無米炊，眼見家徒四壁，媽媽只有硬著頭皮走到隔壁去求房東幫忙。媽媽半彎著腰，懇求房東可否借一些糧食過年，那時房東站在我們面前，他那種從高處向下望的眼神我到了今天仍然歷歷在目。他就好像皇帝一樣，操我們的生殺大權，但最後我們還是得不到「皇上」的施捨，要我們自生自滅。

其實為何因要過年而要犧牲那麼多？在那個貧窮無助的年代，過年的祝願就正是為自己打氣的機會，在絕望中尋找繼續求存的目標。當時媽媽強忍淚水，拖著我頭也不回的離開房東家，她臉上的悲憤和徬徨連我這個不懂事的笨蛋都看得出。一路上她沒有說過半句話，只一直帶了我去鎮內唯一的當鋪。

入到當鋪，當鋪掌櫃站在高枱上從高而下，望著我們兩

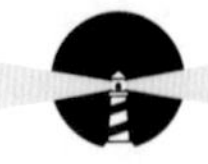

母子的那種眼神，我有一種似曾相識，甚至剛剛發生的感覺，他就跟房東一模一樣，原來全世界都在給我們兩母子白眼。

那時媽媽內疚地動手要脫去我身上的大衣，我知道她說不出口，亦不敢看到我無助的眼神。雖然過年前的天氣特別冷，但想起了房東、再看看眼前的掌櫃，我整個人立時像著了火一樣，二話不說就將身上的大衣脫下，整個過程還是戰戰兢兢的，因為生怕將大衣弄破。

雖然我很討厭那個掌櫃，但他還是比房東好，因為我們步出當鋪時，媽媽的袋裡充實地多了幾個閃亮的銅錢，這個年關總算有眉目可以跨過。

在回家的路上我緊緊捉著媽媽的手，雖然身上的大衣沒有了，但我感到無比的溫暖。媽媽從沒有在我面前表現過肚餓，甚至辛苦。可能受到母親的遺傳，回想童年的生活，雖然是「窮」，但從來沒有覺得自己「苦」。

那些年柴枝是奢侈品，家裡從沒有錢去買。家中用土灶煮食，主要用野草樹葉作燃料，但由於不耐火，需要大量的野草和漫長的時間才能夠煮好一頓飯。所以母親需要半夜起床到山上拾野草樹葉，半夜出發一方面會比較少人跟她爭，另一方面亦可避免受到山上僧人的指罵。原因是山上大部分的地方都是寺廟範圍，在地上拾葉摘草都變成打擾佛門清靜

的罪過行為。

可能是早起和被人咒罵的緣故，媽媽每次從山上回來都非常疲累。我不懂開解她，只懂幫她煲粥。我很喜歡看被火煽燒著的樹葉，葉邊會先著火並閃出明亮的橙色光芒，接著整塊葉都會變得通紅，然後很快就融入火海之中，消失得無影無踪。

雖然火焰會灼得我的臉頰又乾又紅，但我愛看燃燒的樹葉，也許看著火焰可以把我暫時催眠，忘記時間，甚至忘記自己。

不過幻想是一件既奢侈又災難性的事。因為稍一分神，樹葉燒光了，爐中的火就會熄掉。那就要花很長時間再次生火，這樣不單會浪費更多的樹葉，煲出來的飯或粥亦會變成半生不熟。難得有飯吃，落得如此下場，實在罪該萬死。

經過辛苦和努力，眼前的白粥就正是一天裡最實在的東西。碗中灰白的粥水升起裊裊輕煙，鼻子嗅到清新的飯香，產生無名的感動。煮得熟透的米粒，會一一破開，變成晶瑩亮白的棉花一樣，不單讓捧著飯碗的雙手感到溫暖，其實內心更暖。那種感覺就好像冬天穿上厚衣，既滿足又踏實。

被賣過程

一九四八年，當我八歲的時候，八年抗戰剛結束，國共內戰緊接開始，中國沿海一帶的城市飽歷戰火，出去打仗的，大多有去無回，街上不時在抽壯丁，面對生離死別大家都變得盲目。

其實那時我不知道莆田以外的世界是怎樣的，我亦沒有想過要去外邊看看。我的要求是可以日日對著媽媽，不要隔太久沒有飯吃，就已經足夠。可惜我這個基本的要求，還是出現了嚴重危機。

有一天媽媽帶我出街，印象中除了典當大衣那次之外，我記不起她有否帶過我真正出街。雖然她沒有跟我說過出街的原因，但從媽媽的眼神，和當時的氣氛，我感覺到一種很大的壓力，但我分不到這壓力源自我本身，還是從媽媽那邊傳過來？

她帶我去了一個好像辦公室的地方，單位內有幾張簡陋

的桌子，桌面上高高低低的擺放了些文件。辦公室有間大房，房內坐著一個衣著整齊的男人，在兵荒馬亂的年代，衣著整潔不單算是奢侈，更加是權力和財富的象徵。

我察覺到，媽媽可能要向這個男人借錢。辦公室內幾乎每個大人都帶著一個小朋友。在今日的眼光，可能會以為是學校面試，學校在對朝不保夕的窮人來說無疑是烏托邦。那時我開始明白到是甚麼的一回事。我知道一件極不想發生的事情將會發生——我會被賣走！

「幾多歲？」那個男人冷冷地問，他邊說邊在我身上打量。

我仰望媽媽，她強忍著淚水，她聲音顫抖地回答，六歲。

年齡對小朋友來說代表著無限的尊嚴和成就，差一歲半歲是天一般大的事，我當時不知道媽媽為甚麼要說謊，明明我是八歲，為甚麼說成我是六歲呢？但我沒有更正她的膽量和經驗，所以只在心中疑惑。那個男人亦好像滿腹懷疑，再多望我幾眼。

到後來我才知道，像我這樣八歲的孩子會很困難被賣出去，因為八歲已開始懂事和認得人，買家會擔心小朋友逃走和整天嚷著要回父母家。但當時我可能營養不良，身體比其他同齡的較差，較矮。雖然他半信半疑，畢竟到時買家相信就可以。

從此我就經常和其他孩子一齊跟隨那個男人走在街上逐家逐戶的拍門，問問人家要不要收養小孩？在這個兵荒馬亂的年代，十家都沒有一家會考慮。附近的地方都走過了，於是就愈走愈遠。後來多走幾戶人家，開始真的明白年紀的重要性。幾個年紀最小又活潑的孩子，早就被買下了。

過了一段時間，總算碰到一些感興趣的人家。但「感興趣」不代表必定成事。還有很多關卡和講求運氣。那一家人有興趣時，就會當我們是畜生甚至死物一樣地檢驗，上上下下、裡裡外外都要檢查清楚，看看身體和骨骼是否正常，有否殘缺？由於我早幾年曾經因為拔罐，過程處理不當，身上留下一顆顆肉粒，所以有幾個準買家見到我的皮膚問題後，大都會搖頭拒絕，他們擔心我患了甚麼頑疾暗病，所以到最後還是沒有被選中。

但就算通過了身體檢查，結果還要看是否得到上天庇佑。有些人家會問「聖杯」來請求神明提供意見，看看跟準養子是否投緣。一次不合，可能未問清楚上天，多擲一次還是不合的話，這次交易就會告吹。這樣的場面，我亦當過好幾次的「主角」，當時心情非常矛盾，不知道到底應該祈求神明答應還是拒絕。

一次次反覆的檢驗和擲聖杯的過程，同行的小孩數目慢

慢減少，不久就會補充一些新血。每次「面試」回家，我都看不懂媽媽的表情，是開心還是擔憂？

媽媽從來沒有跟我解釋清楚賣我的原因，我想過是否因為我太頑皮，母親太傷心，所以才送走我？後來有一兩次聽到媽媽跟中間人的對話，加上爸媽在家中的吵架，我才了解到是爸爸患有眼疾，如果不盡快醫治，就會永久失明，所以家裡急需籌措藥費，賣兒子就是唯一的方法。

當我明白當中的真相後，心情非常沉重，因為我知道我的命運不會有任何轉機。那個年代，從來都不需要得到小朋友的同意，因為小朋友永遠都不懂事，而大人就好像甚麼都懂似的。

一日復一日，我一直生活在擔憂的情緒中，我還可以多留在家中多久，數月，數星期，還是數日？我希望我的父母會改變主意，不要賣走我。但當媽媽告訴我明天早上要早起，我就知道我的願望即將破碎，令我遲遲都不能入睡，整晚都在胡思亂想，不知道明天會發生甚麼事，這種像無底深潭般的未可預知，令我對黑夜產生更強烈的恐懼。

在莊家的生活

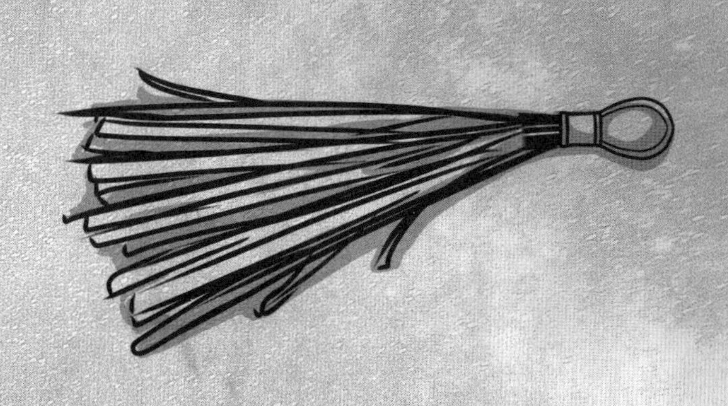

這樣過了幾個月，終於有一戶姓莊人家有興趣。可是那戶人家在另一個地方，晉江。這個地方我從來沒有聽過，連一點兒想像也沒有。經紀人過來通知的時候，臉上帶著罕見的笑容，媽媽則是乍驚乍喜，而我的內心卻非常徬徨。

那日我拿著簡單行李和經記人登上一艘大船。其實晉江離莆口不算遠，船程也不需要一整天。晉江和莆田市面上差不多，但晉江看來比較富庶。

我見過媽媽哭過很多次，但這次她沒有哭，她蹲下來跟我講，我清楚見到她眼眶內強忍的淚水，她問我好不好？我內心有十萬個不願意，我還想問媽媽為甚麼要賣我？這個我早知道答案的問題，卻沒有問出口，反而若無其事地跟媽媽說：「好。」回答她的時候我不敢正視她的雙眼，因我恐怕她看得出我是在說謊，其實她那時同樣不敢正視我。

一九四八年，這年我九歲，這是我童年的終結。

莊家的房子不單只有門戶，還有幾個房間，也不止一個孩子。有些人會認為，一個家庭要領養小孩，原因大多是充滿愛心的夫婦膝下無兒，所以希望找一個養子，目的是花盡自己的心血、資源和時間，努力去疼愛養子，將他培養成材。這些白日夢我當時亦沒有想過。其實當時福建人的習俗，大家認為家中多兒多女，才算有面子，有氣派，所以有錢人家中，都會花錢去買幾個孩子回家，既可湊熱鬧，又可幫忙家務。當時很多富戶人家的孩子，十個之中肯定有兩三個是買回來。

我去到莊家時，只見到莊太太，莊老爺在外邊做生意，不在家。之後的日子，我只見過他幾次，見得時間最長的一次可能是二十年後，我的婚禮。

這戶莊家，有一女一子，大女是元配所生，已結婚，夫家就在莊家的附近。二子是莊老爺在菲律賓結識的二太太所生，他年紀比我大五歲，二太太早年離世後，二子就搬到晉江與莊老爺元配同住。

我的新名字意思是自力更生，這個新名字既可以鼓勵我要努力，其實亦是我日後生活的反映。

名份上我是莊家的養子，但實際上我覺得自己是一個童僕。在莊家每天都有做不完的工作，每天我要用竹簍收集豬

糞，用作種田的肥料，同時也要服侍我的「大哥」。

至於溫飽方面，莊家的房子比起莆田的黃家無疑穩固得多，不用怕房子會隨時倒塌。只要努力工作，沒有得失任何人的話，一早一晚的食物還是有的。食物當然不會太好，每餐只能食蕃薯充饑，他們連被蟲蛀的鹹瓜都給我吃。我當時沒有想太多，寄人籬下沒有任何要求。

原本我在黃家是獨子，去到莊家我多了一個兄弟。

但這位「大哥」好像從來沒有當我是他的兄弟，只是看作家中的傭人，甚至一件死物。大哥對我非常嚴苛，經常拳打腳踢，家裡幾乎沒有人會阻止他。每天要捱打捱鬧好像是我的例行公事。

那時主人家大小二便，一般都會到屋外茅廁，晚上房內放了個痰盂，為方便大哥午夜內急小解之用，我不准用。

而大哥禁止我在家裡上廁所，於是要到附近樹林解決。大哥還會說樹林裡有青蛙，有蛇，也有人在樹林吊頸。當時年紀小，我怕得要命，不過再怕也難敵漲滿的膀胱。最初幾次我硬著頭皮到附近樹林大便，脫掉褲子蹲下來不久，便感覺到有甚麼要舔我的屁股似的，嚇得整個人跳起來。回頭一看，背後仍然是綠草一片。有幾次更加覺得有一隻手抓住自己，怕得左顧右盼，整個人發抖。而每次見到我臉色鐵青的

回家，大哥就會捧腹大笑。

但有一次我肚痛拉肚子，實在忍不住，結果就用了家中的痰盂解決。第二朝早被大哥發覺之後，我被追打到死命求饒，他亦沒有停手。那次我被粗竹條毒打，就算躲到木床板之下，最終被大哥拖了出來，然後繼續毒打。打到頭破血流，直到大哥筋疲力盡才停手。

另一邊廂，大姐育有三個兒子，我初到莊家時，她的大兒子剛出世，服侍這位「外甥」當然亦是我的職責之一，我要不停搖動竹搖床來哄他睡覺。有次一不小心，外甥從搖床跌了出來，結果被家姐發覺，當然又換來另一次毒打，最後更被大姐和姐夫掉到豬餿水之中。

鄰居見到我經常被毒打，他們看不過眼，於是問大姐為甚麼要這樣凶對我？

她反而理所當然的說：「他是買回來打的。」這句說話對我心靈的創傷比起皮肉之苦大很多。回想那段日子，自己生命的脆弱就好像一隻螞蟻一樣，只要有一隻拇指輕輕的按下來，我的生命就會完結。

雖然生活的艱辛，但我對母親的思念從來沒有淡忘，心想父親醫好雙眼後，就有機會改善家中的環境，這樣母親的生活可能會輕鬆一些。我到莊家後的幾個月，都沒有收過媽

媽半點消息。可能她在忙於造布鞋換錢，而且還要照顧爸爸吧！

後來我才發現，媽媽曾經到莊家找過我。

記得有一天，莊家大門傳來一陣嘈雜聲，基於好奇心，我透過木牆上的縫隙向外看。我看見一個熟悉而瘦弱的身影，媽媽就站在門外，她手中拿著大大小小幾袋東西，我不知道是甚麼，看見媽媽千里迢迢的走過來，我實在非常感動。

但媽媽始終沒有機會走入莊家大屋，只是呆呆站在大門外面。而我亦不敢走出去相認，因為當時我走出去的話，好可能會換來另一場毒打，其實我不是怕被打，最重要的是我不想媽媽看見我被打的情況，我希望她以為我住得好開心，被愛護，吃得飽，穿得暖。

事後，莊家人見我的臉色沉重，大概猜出我已經知道媽媽來過，他們笑咪咪的說：「你媽媽送豉油來啦。」我知道他們在戲弄我。見到媽媽之後，我立時有種想要逃走的念頭，但想到逃走後必定會令媽媽產生很大的麻煩，甚至逼她還錢，想到這裡只有打消這念頭。

雖然不能夠跟媽媽重聚，但我知道媽媽並沒有忘記我這個兒子，也不計千里迢迢來尋找我，實在既感動又高興。後來媽媽經常找些藉口，過來莊家，雖然每次我們都未能相認，

但畢竟算是一板之隔，仍然感到箇中的溫暖。她每次「探我」所產生的鼓勵，足以讓我能夠繼續熬過這段不斷被痛打、天天做苦工的時光。

離開晉江

不經不覺，到了莊家已經四年，捱罵被打的日子，沒有甚麼改善，雖然每次都會很傷心和很痛，但漸漸好像已經適應了。我的身體雖然仍很瘦小，但相比在莆口的確健康得多。這可能是有較充足食物和較穩定居所的原因。每天用皮肉之苦來換取溫飽，這回看來算是賺了，生活上總算安定下來。但生逢亂世，安定是一件既奢侈又短暫的事。

有一天，莊太和大哥帶著我乘火車到廈門，起初我以為他們改變了對我的態度，要帶我去旅行。到埗之後，我們去了火車站附近的賓館安頓下來，莊太命令我要好好的站在酒店大堂的樓梯旁邊等他們回來，不准到其他地方。一小時接一小時過去，結果我等了一整天，我的雙腳開始發軟了，肚子也咕咕地叫，但我還是堅持要站著，因為怕他們回來的時候，見到我偷懶了，可能晚上又換來一次毒打。原來他們為著幫大哥辦經香港到菲律賓的船票和簽證。不管怎樣，這次

我總算是有機會出外走走，希望看看這個大城市的繁華。

莊老爺的生意主要在菲律賓，加上時局的轉變，到了一九五二年，莊太打算將大仔送去當地，由於那邊莊老爺有另一個家庭，所以莊太就沒有打算一起過去。當他們到了香港之後，莊太再安排兒子去菲律賓，而她就獨自留在香港。

這個安排對我有好有壞，好的是大哥離開了不用再受他的虐打；壞的是，莊太的離開，我只有搬到大姐家，大姐就接替了大哥負責打我的任務。

因沒有莊太在場，大姐更可以在毫無約束之下，天天向我體罰。幸好莊太的妹妹有時看不過眼，我稱呼她阿姨，她偶然會問候我的情況，接我到她家住幾天，希望我不會每天活在受打受罵的生活當中，這幾天就是幫我的心靈和身體療傷的機會。

所以日後當我在香港稍有經濟能力時，我就會寄一些錢回去給這位阿姨，因為她是在整個莊家之中，唯一當我是個小孩的人。

憑著我豐富的被打經驗，自然會懂得一些求生技能。漸漸開始懂得看大姐的眉頭眼額，見她心情不好，當然會事事小心。而外甥亦都長大，也不用搖床了，出錯的機會亦大大減少。

寄錢給阿姨的信匯便條

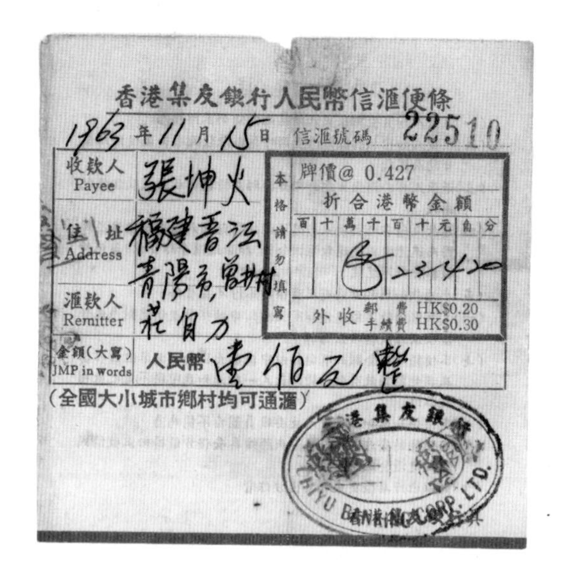

香港集友銀行人民幣信滙便條

1963年11月15日　信滙號碼 22510

收款人 Payee	張坤火	本格請勿填寫	牌價@ 0.427
住址 Address	福建晋江 青陽[illegible]村		折合港幣金額 百 十 萬 千 百 十 元 角 分 234.20
滙款人 Remitter	花自力		外收 郵費 HK$0.20 手續費 HK$0.30
金額(大寫) JMP in words	人民幣 壹佰元整		

(全國大小城市鄉村均可通滙)

香港集友銀行 CHIYU BANKING CORP. LTD.

同時我亦開始上小學，那間學校叫信望學校。

有一次，當我在上課時間，走到我家裡附近的空地去打乒乓球時，我突然被人從後重重的打在頭上，令我頓時失去知覺，眼睛昏黑一片，過了幾秒，才慢慢清醒起來。但是淋淋的鮮血從後頭蓋流到面頰，在場的所有人靜默一片，慢慢地離我而去，原來我大姐捉到我逃學，氣冲冲的找我，於是就用粗竹盡力的打在我頭上，那一下好像沒有留有任何半點餘力，一邊打我，一邊說我是一個沒有出色，沒有用的小伙子。

日子過得還可以，不用日日活在惶恐之中，安定下來，在莊家我可以食到很難嚼碎的蕃薯和有蟲的青瓜，但比起以前在家中喝稀粥已經改善了很多，漸漸開始想起生母，開始想家。

另一邊廂，莊太一個人獨自在香港，始終不方便，需要找人照顧她。我就正是家中最多餘的閒人，我這個經常犯錯的傢伙，家中各人都恨不得早日將我送走，結果我被指派去香港照顧莊太。

記得就在步出莊家的那一刻，我立時有種如釋重負、重獲自由的感覺，我幾乎每天被打的噩夢總算告一段落。其實我一個人去香港，何時去到？能否安全去到？有誰會知道，

有誰會關心？

在船上一個人，我又開始胡思亂想，想起當日坐船到晉江的情景，碼頭的道別，船上的乘客，海上的風景，我親切的媽媽。

轉眼六年時間，實在百感交集。

結果我先乘船，後轉火車，終於去到香港。

初到貴境（一九五四）

當時我一個人坐火車到達尖沙咀火車站，到站後有人接我，然後帶我過海到山道與莊太見面。

初到貴境，一路上滿街都是高樓和汽車，筆直的馬路旁，盡是「糧油雜貨」、「金銀器」、「大茶樓」之類的油漆招牌。從莆口到晉江時覺得晉江是一個繁華的市鎮，去到香港後，才發覺原來晉江只是一個鄉下小村。

我和老媽子（莊太）已一年多沒有見過面，見面時大家都有點生外，當時她住在西環山道四十號二樓。我跟母親和另一家姓莊的宗親一起住，他們亦有四個小孩，這裡和外邊可以說是有天淵之別——街道非常寬闊，室內卻極度擠擁，和晉江的房子相比，面積上實在差別更大。但在這狹小的空間中，我感覺到一種前所未有的自由氣息。家中有順德媽姐照顧家頭細務，本來生活尚算安穩，但後來，因與同屋的小孩不和，結果我和母親被迫搬走，搬到大道西的板間房，我們

住在走廊的碌架床上。

到香港之後，我亦開始上學去。以前在福建從來沒有正式上學的機會，來到香港我終於可以讀書識字。但當時人生路不熟，又不懂廣東話，就在大道西的福建中學讀小學三年級，福建中學在一九五一年租用香港皇后大道西五七八至五八二號四層樓宇（現已重建為新景樓）開辦中小學課程，幸好學校以普通話和閩南話上課，解決了我語言上的難題。至於英文，福建中學的英文水準不高，但對我這個連英文字母也不懂的小朋友，已經是很困難。我在福建中學讀了兩年小學到五年級。

在小學的時侯，我家附近的教堂，聖安多尼堂會定時派送奶粉和米，我和莊太都會去排隊領取，其實身邊的人都會這樣做。去了幾次，習慣之下，我亦開始經常去教堂崇拜。那時，是我第一次接觸信仰，雖然我們的動機是去領取生活必需品，但是，我深深相信，這是天父仁慈憐憫的恩典，揀選了我，成為天父兒女的起點。

我小學畢業後轉到堅道 St. John's English School 繼續升學讀中一，我的學業成績中規中矩。由於學校跟家有一段距離，每天都搭巴士上學，當時巴士月票由巴士上的稽查在票上打孔為記。

——初中時代的我

當我在讀中一的時候，我聽人家說我家附近，位於香港西營盤第三街一七九號，有間由慈幼會辦學的聖類斯中小學，是一間很好的學校，我常常到聖安多尼堂聽道的時候，就會經過這所學校。在當時來說，這間學校的規模算是很大，學校對面就是香港大學。另外，這所學校有自己的足球場，因此很想在這間學校讀書，但因為一九五〇年代，不少傳統學校均要求所有學生都必須通過入學試。此外，更要靠關係才能進入天主教學校，所以我知道自己很難有機會進入這所學校。我當時立誓，日後自己的兒子一定要入讀這間學校。

兩年後，St. John 的數學老師轉到第三街的救恩中學（基督教）教書，加上較近家，不用坐車，於是我和一群同學又轉校到救恩中學繼續讀書。

在香港過著新的生活，但貧窮的問題又再次纏繞在我身上。老媽子是晉江大戶，老爺在菲律賓經商，雖然未至於大富大貴，但始終衣食無憂。來到香港，我們天天要為錢奔波。有時甚至要向人借錢，當時借一百元，收五分息。

老媽子平日靠照顧其他孩子來幫補家計，我很奇怪為甚麼老媽子的經濟會如此拮据？後來才知道，老媽子最初到港，她將大哥送到菲律賓，之後她在香港居住，一心就指望大哥將菲律賓生意的收入，定時匯款到港來支持生活。可惜

日子一天一天過去，匯款始終無影無蹤。

原來莊老爺死了後，大哥起初仍維持從菲律賓寄錢回香港。後來大哥在菲律賓跟一個華人女子結婚，但莊太反對大哥這段婚姻，所以母子關係轉差，大哥一怒之下，錢亦愈寄愈少，甚至不寄了。

難捱的日子還有上學的時候。雖然我喜歡上學，但並非所有時間都愉快，有時會充滿尷尬和難受。我過去並沒有機會讀書，在香港才上學，所以很多學科課程都跟不上，甚至後來到了堅島中學讀書，實際上都是跳班。例如英文課時，老師點名問我問題，無論問題是甚麼，我能夠回答的其實都只有 yes yes no no。同學都會笑，我也不好意思的一起在陪笑。

更尷尬的是，我讀中三的時候，有一天好像如常的上課，班老師突然點名叫我站立，然後說：「莊同學，交學費」

我低著頭，就算不向四周張望，也感覺到全班的同學在低聲偷笑，甚至投以奇怪的目光。平日課堂裡的問題，如果不懂，可以直接大膽說不知道，但今次我掙扎一會才敢說：「過兩日就會交了。」

當時的難堪直到今天仍像心內的一條刺，貧窮早已習慣，但從來沒有欠過任何人的東西，就算面對房東仍然可以抬起頭做人，不需向他低聲下氣。但這次的確欠了學校的錢，

而且亦沒有辦法即時償還，面對全班的同學，實在有點作賊心虛的感覺。

這種難受更不是答了問題就結束，雖然學校沒有馬上迫我交學費，但欠交學費這個消息在同學之間很快就傳開，在小息時和放學後，大家好像都在交頭接耳，談論我的家境。幸好，不是所有的同學排擠我，當時大部分同學的家境亦好不到哪裡去。而且交朋友不是建基於家中的財富，所以當時要好的朋友仍然有好幾個，大家的情誼亦經得起各方的考驗。

當時學校是由教會營運，所以每個星期都有聖經科，是由一位外籍女老師任教。在某次課堂上，班上有一位同學欠交功課，想撒謊蒙混過關，偏偏又被老師發現。老師憤怒的說了一句：All Chinese are dishonest。

雖然這是責備這位同學的說話，但我明明沒有說謊，老師憑甚麼連我也一併責罵？就算我也說謊，也總不可以說所有中國人也說謊吧？於是我站起來抗議，並且禮貌地問老師可否不要加上「所有」（all）。那位外籍老師為了保持自己絕對的權威和個人面子，還是沒有答應，其實我也早就料到會有這樣的回應。

看見抗議沒有結果，於是我索性提出要罷課，也呼籲同學加入一起離開課室。回應我的同學不多，只有三位，三人

都是我平日的死黨。我們一同走到校長室，校長見到幾個學生站在外面，於是心平氣和地叫了我們進去詳談。

我將事情的緣由一五一十說清楚，最後補充了一句：校長，如果你說她是對的，我們就回去繼續上課，如果覺得她不對的，我們就繼續罷課。

校長沒有立即回答，似乎在思考甚麼似的。結果，校長也沒有指出誰對誰錯，只是叫我們回到班房上課。我們回到班房，老師的面色當然好不到哪裡，但聽到既然是校長的指示，倒也沒有再為難我們。結果過幾個星期後，那位女老師再也沒有在學校出現了。

這件事過了不久，我也離開了救恩中學。因為根本沒有匯款，老媽子每月要幫我張羅學費實在很困難。這些事都令我慢慢覺得在學校不太好過，於是我中三就輟學。細心一數，一九五四年來港之後，讀書的時間不超過五年，學到的不多，體驗卻是深刻、難忘的。

毅然離開救恩中學，要投入社會找尋工作。在很多同學和老師眼中，這是一個愚蠢的決定，尤其那個時候很多人都沒有機會讀書，我反而放棄難得的學位。當時我想，既然年輕力壯，而且人窮就聰明，只要肯拼命工作，相信總會有出頭之日。

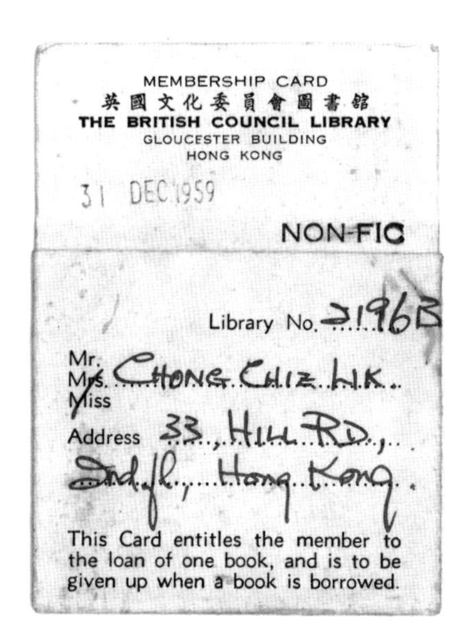
MEMBERSHIP CARD
英國文化委員會圖書館
THE BRITISH COUNCIL LIBRARY
GLOUCESTER BUILDING
HONG KONG

31 DEC 1959

NON-FIC

Library No. 2196B

Mr.
Mrs. CHONG CHIZ LIK
Miss

Address 33, HILL RD.,
2nd fl., Hong Kong

This Card entitles the member to the loan of one book, and is to be given up when a book is borrowed.

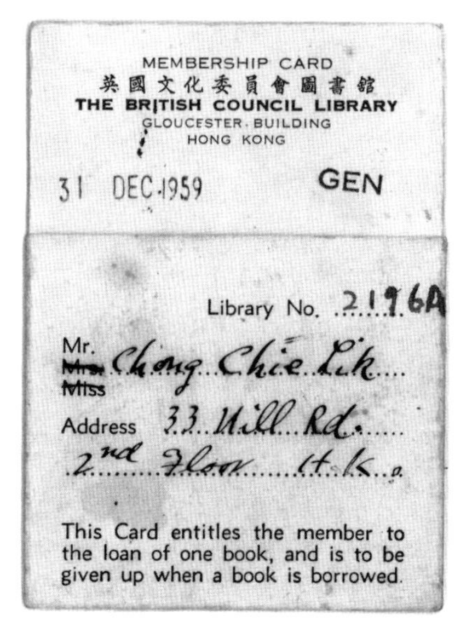
MEMBERSHIP CARD
英國文化委員會圖書館
THE BRITISH COUNCIL LIBRARY
GLOUCESTER BUILDING
HONG KONG

31 DEC 1959

GEN

Library No. 2196A

Mr.
~~Mrs.~~ Chong Chie Lik
~~Miss~~

Address 33 Hill Rd.
2nd Floor H.K.

This Card entitles the member to the loan of one book, and is to be given up when a book is borrowed.

——雖然我中三就輟學，但一直保持閱讀的習慣，當年圖書館的借書卡還保留著。

開始工作

自力更生，白手興家，相信是那個年代很多香港人的生命寫照。無論是經歷過日治時期還是戰後從內地遷移到香港，大家都聚集在這個城市中一起打拼，每個人都是由低做起，由零開始。而我就是在這東西南北和的環境之中的其中一員，大家各自艱苦打拼，希望在這個城市裡追尋更安穩、更理想的生活。

我在一九五九年輟學後，開始出來找工作，當時看見街招在深水埗汝洲街一家手套工場請散工，於是我由西環去到深水埗碰運氣，結果一拍即合。從此汝州街這個二樓單位，就成為我第一份工作的地方。

我白天在廠內擔任搬運工作，當工人下班之後，我還要負責打掃公司，晚上也順便在工場裡留宿。睡覺的地方，其實只是推開枱上的雜物，晚上就睡在上邊。體力勞動確實令人感到非常辛苦，每晚躺在枱上總是筋疲力盡。但當時覺得

出來工作，始終比在學校好，因為工作有收入，生活也可以自由一點。

我的第一份工作只維持了大約幾個星期，我不是怕辛苦，而是另有高就。經一位姓莊的鄰居介紹之下（這位前輩後來成為我大女兒的契爺），到了西環高陞街四樓一家出入口公司工作。

我最初跟隨老闆工作，有兩三年時間要負責文職、到銀行處理財務、接待客人和替貨物定價、打掃辦公室、代表公司出席剪綵活動，又要坐嘩啦嘩啦出海（香港昔日一種以引擎發動的電船，又叫「Walla-Walla」，因為發動機拍打水面時的聲音而得名），到大船驗收貨物。我的工作範圍同時亦包括替老闆照顧孩子，到學校見老師等。

我在這裡一做便做了五、六年，令我開始接觸到出入口的業務，並懂得跟銀行業務相關的事情。這些知識對日後我的事業發展產生很重要的幫助，同時亦建立與銀行的關係，當時跟友誼銀行、恆隆銀行都有很多業務來往。

後來老闆到菲律賓追債，公司只留下我和一個比較年長的同事，兩人一起打理公司，當時我的月薪約二十五元，那一年是一九五九年，直到一九六四年離開。

我在出入口公司工作了幾個年頭，工資只增加到每月

四十元，但介紹我進這間出入口公司的那位莊長輩，知道我是一個不怕蝕底，對工作充滿熱誠的年輕人。於是他打聽消息，知道有一間貿易公司正在請人，月薪是我當時的一倍，就託人介紹我到另一家公司工作，於是我向福大行辭職。我在轉工的階段，有一、兩個月，早上義務回舊公司工作，下午才到新公司上班。這樣安排，只為令舊公司可以順利移交工作，而且早上的工作不收薪酬。當時我覺得做人講義氣，無需計較。

——開始工作後的我

開始工作後的我

新公司，一片新天地

到了新公司工作，我的起薪約八十元，我很努力，感覺是上天安排我到這個行業，我真的很喜歡這份工作。從黎明到晚上，我總是喜歡呆在辦公室裡，尋找新的東西來學習，等待新的任務，工作變得穩定和受重用，我開始明白到自己的學歷無法應付愈來愈重要的工作，雖然有很多時候都是靠實戰、靠經驗去應付工作，不過語文和專業知識缺乏，會直接影響事業的發展。所以就算白天的工作很繁忙，晚上還是走到北角政府開辦的夜學，主要讀英文和 CIF（Cost, Insurance, Freight），一週四晚，每晚兩小時。我開始學懂如何計算運費，相關成本和保險費，同時亦學會一些簡單會計，開始懂得計算佣金和報價。

上夜學不單能增進知識，也讓我在夜校認識了幾個好朋友，當時大家都是二十多歲，感情特別要好。其實任何年代的年青人都一樣，總是不愛放假留在家中，我們常會相約到

——當年就讀夜學的證件照

公司閒聊，玩耍，夜晚時更會一起在蓆上睡覺。這些朋友直到今天仍有聯絡，而且定期出來聚會，其中一位，乳名叫做「阿 Ko」，他在中環文華酒店著名的裁縫店「亞文興昌——A Man Hing Cheong」工作，一做便是六十年，我們已經相識六十載，難得的好朋友，我所有的西裝、西褲、襯衫，全部都是他為我度身訂造的。

漸漸工作愈來愈忙碌，整個公司的工作由上至下，我幾乎全部都包辦了。在公司，有兩個老闆，大老闆和二老闆。我是大老闆請回來的，他經常説我是個勤力、不怕死、肯拼命的伙計，所以他對我非常重視。我雖然讀書不多，但從少已經學過禮義廉耻，國之四維，這是一生對客人和對朋友的座右銘。

但大老闆對我的關照，慢慢令到其他同事妒忌。幾年間，我的工資增加到大約二百元一個月。（那時雖然二百元不算甚麼錢，但至少，我們可以吃飽，有一個好閣樓住，不用擔心第二天有沒有足夠的錢買食物。）當時公司的上班時間是九時半，其他職員都會準時上班，老闆回來之前就已經齊齊整整坐在辦公室工作，唯獨我十時半才會在公司出現。當然，老闆不會對我多説，但久而久之，其他員工就開始不滿，到了最後更有人向老闆提出投訴。

二老闆是大老闆的侄兒，都是做貿易生意，他爸爸在日本經營生意，他們聽聞我既勤力又眉精眼企，於是叫我同時兼職做他們的買手，同樣給我二百元的月薪。這個安排，大老闆又沒有意見，所以，我開始同時收兩家的人工，一邊是菲律賓的生意，另一邊是來自印尼，這樣特殊的安排，其他同事當然不知道。

其實我的工作非常忙碌，除了平日要上班之外，就連星期六日也要工作，有時甚至去廣州尋找貨源。此外除了工作之餘，我亦要照顧家庭，當時已經結了婚，還有幾個小朋友。

我的工作量，老闆是最清楚的，對我的情況很體諒，所以一直沒有干涉。但因為聽到太多同事的投訴，老闆亦不可以聽而不聞，於是唯有提醒我要準時上班。同事間對我上班

——年青時候認識的最佳好友

時間的不滿，我當然亦早就習以為常，但既然老闆親自開口，我亦坦白跟老闆說：「第一個星期可以準時，第二個星期我就不保證」。（這就是我的脾氣）

如今回想，我們主僕之間如此對話，確實饒富趣味。其實大家也明白對方的難處；老闆要安撫其他員工，但又明白我的確勤力，拼命為公司工作。我根本就問心無愧，加上那時年少氣盛，後來還加了一句：「如果要我準時上班都可以，條件是我負責的工作量跟其他人攤分。」

我之所以這樣說，因為我明白沒有同事會因為要爭取所謂「公平」而願意增加自己的工作量。大家周旋了一段時間，最後還是不了了之。後來，我偶然準時返回辦公室時，大家就會驚奇地說句：「太陽由西邊升起？」回想當時的牛脾氣性格，的確得罪不少人。但同樣因為這種性格，令我有很強的信念，只要是做正確的事，問心無愧，我就會不惜精力和時間，努力打拼。亦就正正因為這種的性格，得到老闆的信任和生意伙伴的愛戴。

後來發生一件事更加令我對這位大老闆感到萬分感激，有一天他突然召我入他的辦公室，我見到他的怒氣以為他想開除我。誰知我一坐下，他就劈頭就問：「你有無欠人錢？」

「無。」

「那有無買股票嗎？」

「有是有，但你怎麼會知道？」

「我為甚麼會不知道？」

他邊說邊從櫃桶拿出一疊錢放在桌上，我當然完全明白他的意思，但我又怎敢將它收下，於是我說：「我拿了沒錢還。」

「誰叫你還。」

這句說話，令我非常感動，我跟他非親非故，他竟然主動要幫我這個伙記償還欠款。現今很多的僱主，如果聽聞員工欠款，就會用盡方法借故將對方辭退，避免受連累。而我的老闆剛好相反，願意拿出一筆金額不少的現金來幫助我渡過難關。

雖然我萬分不願意，但在老闆半命令式的情況下，實在卻之不恭。老闆對我的知遇之恩，實在萬分感激。但是，人生的路途總是不停地在轉變，我在公司是擔任南北行的買手，所謂南貨北貨其實就是指花生、豬肉、高麗蔘、粉絲之類的貨物，當時以上海為界，上海以北為北貨，上海以南為南貨。雖然這些貨除了高麗蔘之外，都不算是甚麼昂貴的東西，但以粉絲為例，印尼有大量福建華僑，華僑到了印尼後，飲食上仍想吃家鄉菜，所以粉絲的需求其實亦非常龐大。

當時公司除了兩個老闆，下面有兩個買手，我是其中之一，另外有十多個伙計。雖然另一個買手比我經驗豐富，但我很快就表現良好，幫公司賺到錢，得到老闆們的賞識，原來的買手因妒忌，所以做了很多小動作，老闆見到他的所作所為，結果對方要執包袱，被辭退了。

隨著公司的業務高速發展，公司要花六十萬在德輔道中二五九至二六五號剛剛新落成的海外銀行大廈（OTB Building）買下一層寫字樓，並在北帝街買貨倉，當時兩項交易我都由我負責，我開始了解到自己在公司的重要性。想不到，我日漸被重用，亦種下大老闆的兒子眼紅我的禍根，亦是導致我日後離開公司的主要原因。

公司亦漸漸由十多人擴充到三十多人，除了食品外，公司還有股票行和財務公司。電器方面，公司是樂聲牌在印尼的總代理，主要賣收音機、電視機等電器，後來亦擴展到聲寶牌（Sharp），當時最炙手可熱的是卡式錄音帶（唱片，卡式帶演進），Maxell，TDK 這兩品牌就是我們公司由日本拿到香港獨家代理（一九六七至一九六九年）。當時負責推銷的行街，部分賣公司產品，部分賣其他品牌貨品，利潤很不錯。

為了增加新貨源，一九七二年我們開始參加廣州交易

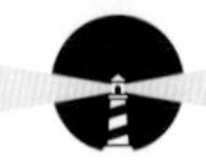

會，很多產品都乘這個機會，開始拓展業務，做了幾次交易之後，就開始做總代理。不要輕看區區一條祝君早安毛巾，每條有約兩成利潤，由於需求量大，收益亦相當可觀。

尋親開始

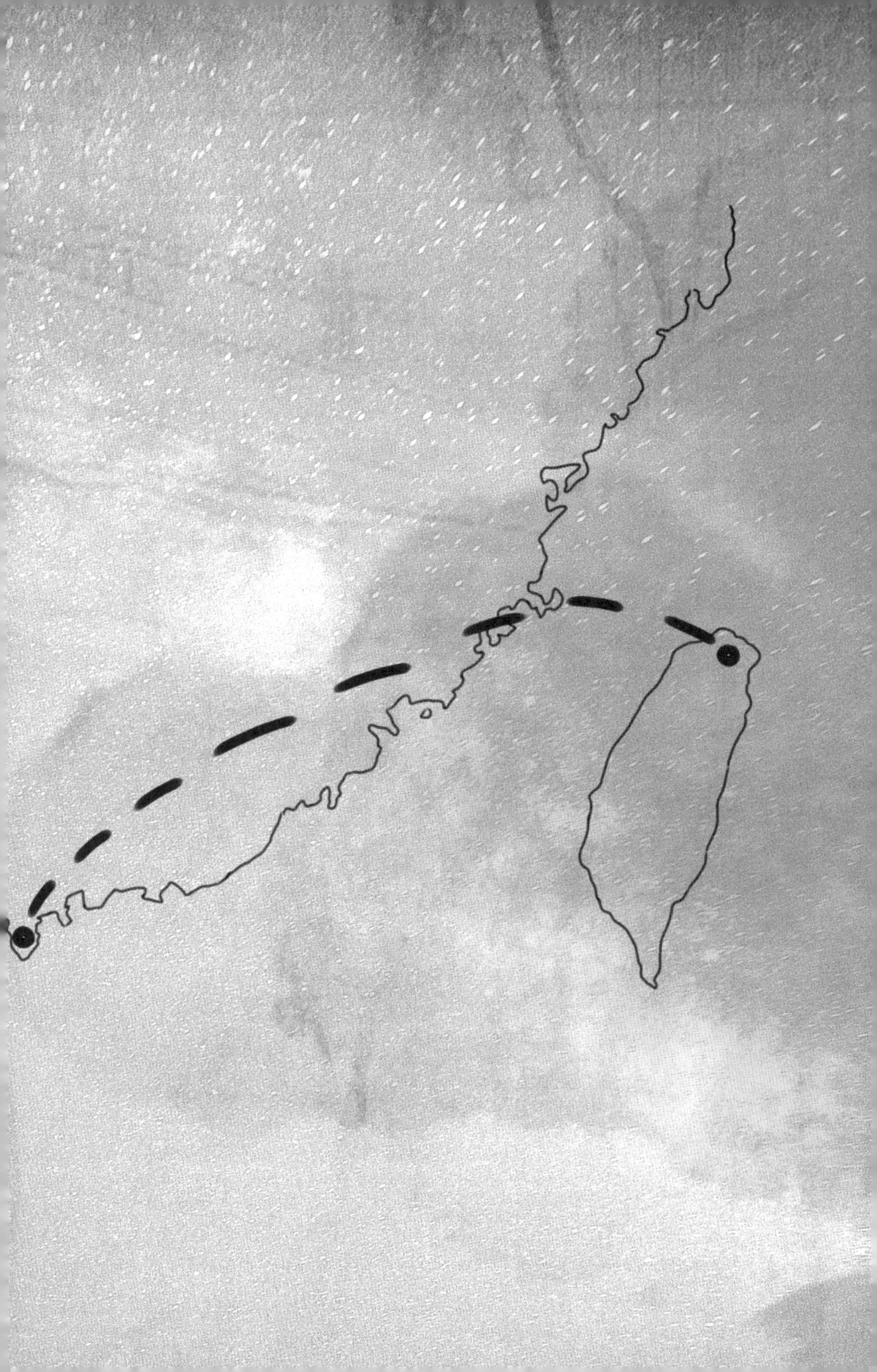

自從由福建來到香港後，一直與老媽子（養母）相依為命，但始終對生母念念不忘。求學時期，生活上所有事都很被動，尋親的念頭經常縈繞在心，但苦無機會去實行。所以當我踏入社會工作之後，生命開始掌握在自己的手中，自一九五九年起，就開始踏上漫長的尋母之路。當時資訊不發達，加上戰後的日子，每個人都為了生活甚至生存而東走西竄，要找一個人，比大海撈針更困難。何況這顆針有雙腳，而且我亦不知道要到哪一個海去撈。

打從我們結婚開始，太太就知道我無時無刻都記掛著自己的親生母親，盡量用盡各種的方法，去尋找她的下落。那時，我一直在茫茫人海中，希望有百萬分一的機會可以找到她。我甚至不知道她在內地、香港、台灣，又或者海外。但尋親心切，我不會錯過任何一個可能機會。

當我在街上，遇到任何一個女乞丐，我都會上前放下一

些錢，並會講一句 Nim Nim。這是我跟生母的暱稱，亦是最親切的稱呼，如果她不幸要流落街頭，若聽到我這句說話，她必定會有反應，記得她這個兒子。

有一次，我帶著大女兒在中環，當時她大約五、六歲，我見到街上有一個女乞丐，我於是又上前碰碰運氣。當我講了句 Nim Nim 的時候對方竟然有反應，原來這位女士精神有些問題，於是立刻站起來想抱著我，我見勢色不對，馬上拖著女兒由現在的環球大廈一直跑到當時的中環消防局（今日的恆生銀行總行）。

有時下班回家途中，我會去天主教堂祈禱，祈禱能找到生母，這變成了一種習慣。每次我去教堂，去彌撒，總會把尋親放在祈禱中，一年，兩年，五年，十年⋯⋯

直到一九六四年，我以印尼華僑身分，向內地莆田尋親，我憑童年的記憶畫上舊居附近的環境和路線身分。後來收到回覆：信中的描述很正確，找到相關地址，但要尋的人「不在」。

當時雖然失望，但「不在」其實是好消息，因若果已離開人世的話，就會答：「已殆（死）」。不在的話，仍然在生的機會則較大，我仍憑這一絲希望繼續努力。

後來一位親戚，透過書信聯絡我，他說：我離家後，我

媽生了一個女兒，現在別人家中當童養媳，生活非常艱苦，要求我寄錢去接濟她。我剛好藉著廣州交易會的機會去到內地，我要求親戚安排我和「妹妹」見面，並打算為她贖身。本來約好見面的時間和地點，但到了約定時間，妹妹沒有出現，對方只不斷游説我交錢給他去幫妹妹贖身，我覺得當中有很多可疑地方。後來得到其他親戚書信的提醒，整件事只是一個金錢的騙局，妹妹是假，親戚是真的，騙錢也是真的。

但皇天不負有心人，我的一位姨母（生母的妹妹）認識人在解放軍中當兵，得到消息説有同鄉在內戰時經金門到了高雄。後來我在香港跟這同鄉的女兒見面，得到消息説是我的生父母確定當時一起遷到台灣，後來我父母從高雄搬到台北後，一直沒有消息。

這是個重要消息，令我可以進一步掌握生母的情況，而且清楚知道：她當時應該身在台灣。

可是，在那個未有互聯網，更沒有社交媒體的年代，要在一個城市尋找一個人，亦真的不容易。

後來，那位同鄉的女兒在高雄渡春節，見到一個男人，跟我樣子很相似，她誤會了對方是我，她於是問：「莊先生，甚麼時候到台灣來？」

對方奇怪的説：「我姓黃，不是姓莊，妳認錯人了。」

他們兩人從誤會中細談下，提及認識一個福建人在香港尋母的故事，才發覺眼前的黃先生其實就正是我父母到台後所生的兒子，亦即是我的弟弟。由於我跟弟弟的樣子很相似，所以她誤會是同一人。

世事實在太微妙，原來我這位弟弟當時剛從台北回高雄拜年，突心血來潮，想到以前高雄的舊居看看，結果就在舊居附近碰到這位同鄉的女兒，而我的尋親行動有了突破性的發展。

及後，這位女士要到香港公幹，於是她就為我帶來這個大好消息。這一年是一九八〇年，是我真正開始尋母的二十一年後，我離達成願望跨進了一大步。

當時我沒有馬上到台灣，因為在這些年間，實在遇過無數的失望和欺騙。我實在不想再次失望，所以抱著半信半疑的心態，先寫信去台灣，希望「生母」可以寄我一些她的照片。

很快就收到母親的回信，手中拿著「母親」的信件，百感交集。由於有太多希望落空的經驗，我不敢抱太大的期望，更可能這次是那麼「接近」，若果是另一次誤會的話，我可能真的接受不到，所以我只好用平常心去看待。

拆開信封，我感覺到她的喜悅，除了告訴我父親已離世外，她還寄來一張近照，而且燙了頭髮。大家分別三十多年，

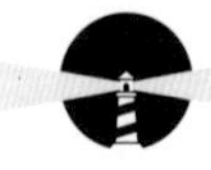

眼前燙了頭髮的她，我實在認不出對方是否我望穿秋水的生母。我在回信中，問她可否寄我一張舊照片？當第二封信寄到香港後，看到她的舊照片，我就知道這回絕對沒有弄錯。

廿一年的尋尋覓覓，終於願望成真，開心是肯定的，但情緒上非常穩定。這就正正是跟我的成長有關，當你習慣一無所有時，得到一些東西當然會高興，但一定不會太過興奮，因為已習慣不以物喜，不以己悲。

確認身分後，我馬上安排機票到台灣探親生母。她一家就住在桃園機場附近中壢市的兩層高樓房，樓下的客廳內掛著父親的舊照。

到埗後，我那幾個素未謀面的弟妹先出來相認，跟著就是跟我失散三十七年的生母。從我被賣，跟著到香港，讀書、工作，結婚、生仔，所有的經歷快速的重現了一次，母子兩人重逢，沒有像電影橋段兩人相擁痛哭，當時她上前和我握手，這種感覺既陌生又熟悉，猛然想起三十多年前，被生母拖著在街上的感覺。她的手比以前細了很多，亦粗糙了很多。我實在有千言萬言想跟她說，但大家可能分離得太久，彼此還保留著一些距離。

第二天有一整天時間，一家人真真正正的溝通，互相了解一別三十多年來的情況。從我們在鄉下是甚麼樣子，我小

時候叫她甚麼，回顧過去短暫的日子，媽媽和我通常做甚麼，媽媽告訴我到台的經過，父親的情況，弟妹的年紀、工作，好像跟母親有千言萬語。但畢竟過去的已過去，當日瘦弱的我，現在結結實實的站在她面前，多年的心願總算達成，一直的努力最終還是靠著神的恩典和幫助。

一九八五年，我們在台灣重聚了。從此每年我都會過台灣去探望生母，而且總是全家總動員，家中的小朋友亦很習慣每年一度的台灣之旅。

自我來到香港後，一直跟養母(莊太)一起住，後來開始工作，結婚生仔都跟她一起住。我一直都叫她「老媽子」，她雖然不是我的生母，經常被兄姐打罵，但的確是她將我從八歲開始養育成人，就算在香港最艱難的日子，她仍然堅持去照顧我，甚至花錢讓我去讀書。所以我對她的感情，她對我的養育之恩，不會比生母少。

但整個尋母過程、相認、甚至定期見面，老媽子都不知道。因為我會擔心她會不高興，甚至產生妒忌，胡思亂想，以為我找到生母便不再要養母。我很清楚知道，雖然找回生母，但我對老媽子的孝心沒有半點的減退。人始終會比較和有醋意，所以我一直維持這個善良的謊言，希望老媽子活得有安全感，雖然每年我都會帶太太和小朋友到台灣去探生

母，但每次回港，仔女們亦不會洩露任何探「奶奶」的蛛絲馬跡。

有一年生母到香港，在沒有安排之下，生母和老媽子在香港有一面之緣，後來老媽子問那個婆婆是誰？我就推說是生意上認識的朋友，老媽子卻說：她很面熟，好像那裡見過。我支吾以對之下，她亦沒有追問，最終還是不了了之。

另一方面，生母知道老媽子的存在，說來亦非常感激老媽子將我養育成人，而且為親生父母解決了當時的燃眉之急。

生母是一個非常虔誠的基督徒，她每天都會讀聖經和祈禱，能夠和生母重遇，好像天父的安排。我非常珍惜這個第二機會。雖然各自有家庭，居住在兩地，但每年暑假台灣的聚會就好像為失去的日子，彌補了不少昔日的遺憾，我們兩母子都比較含蓄，不習慣將心中的感覺毫無保留的道出，但坐在生母的旁邊，簡簡單單的喝杯清茶，感覺對方的存在，就已經很足夠。童年的歲月不時會湧現，畢竟苦盡甘來，應該好好珍惜眼前的一切。

直到二〇〇四年，生母因為肺炎入院，她那時已九十一歲，身體一直轉差，後來甚至昏迷在院，體重一直在下降，最後離開這個世界。

我的童年雖然艱苦，但跟生母的回憶總是甜的，三十多

年來的找尋，直至她人生的最後十多年，我再次出現在她身邊。對我來説，幸運地尋到生母，為我顛沛流離的童年彌補了不少的缺失。現在回想，她已離世十多年，跟她的回憶還是既溫暖又無憾的。

生母離世的第二年，老媽子亦因病離世，回到天父的擁抱，享年九十四。我堅信有一天，當我在天堂遇見他們時，他們的關係一定很親近，很滿足喜樂。

兩年內，兩位母親先後過世，雖然她們離開時都是九十多歲的高齡，當中的傷痛和不捨是同樣強烈的，稍感安慰的是我可以侍奉兩位母親直到她們安享天年。

加納歲月

一九七八年，我的工資已經達到每月幾千元，同年，二老闆叫我跟隨香港總商會去非洲考察，雖然大老闆有十萬個不願意，但他們認為這是一個非常難得的機會。其實當時除了到內地尋親外，我很少出門，乘長途機的經驗更是零。這次行程我會飛到肯雅、加納等八個非洲國家，了解當地投資設廠的機會。

雖然這些都是陌生的國家，但香港人為了尋找商機，到月球也會去嘗試！

考察完後，覺得當地有大量的勞動力，人工低，成本輕，在當地設廠經營製造業，然後分銷世界各地，實在有一定的商機。比較幾個非洲國家，覺得加納的人民平均質素較高，較有文化，管理上會相對容易，產品會有保證，於是公司最後決定投資加納。

負責考察和決定設廠後，二老闆叫我準備代表公司去非

洲打江山，當時我已經是五個小孩的爸爸，幼子剛在上一年（一九七七年）出生，若我要去非洲工作的話，我美麗的太太便要獨力去照顧五個小孩和經常鬧脾氣的養母。我這一家八口，雖然生活不是富裕，但始終一家人開開心心。

收到出差通知後，我跟太太商量，那個年代的勞資關係很單方面，沒有考慮甚至拒絕的空間，所有任務都需要全力以赴。其實我只是通知太太一聲，而她也沒有半分的反對。傷心和擔心肯定是有的，但她沒有展現在我眼前，那份體諒我完全感受到，這亦是我倆之間的默契。那時我跟她說，我會下萬二分的努力，給我兩年時間，我會成功回來。

於是我就身先士卒到加納設廠。當時的老闆囑咐我：「第一、二年可以蝕錢、第三、四年可以蝕一點，第五年沒有打和就不能留下。」換言之，我要在人地生疏的異國，用五年時間令公司收支平衡。這個五年計劃當然沒有跟太太說，因為五年對她來說，實在是太長太長了。

這個任務殊不簡單，而我也早不是昔日那個初出茅廬的年青人，如今我已經成為非洲公司的董事長，擁有僱用和任命的大權。在一九七八年四月，我帶了三個人一起過去加納設廠，我們是當地第三十四家中資工廠，亦是首家福建人開的工廠，公司主要業務是製造搪瓷和卡式帶。

我住在市區，近使館區，有當地人做廚師，經常與使館人士打交道。我們與當地官員相處融洽，以英文溝通，雖然大家的英文都不大好，但從沒有語言障礙。加上有中國翻譯，語言上基本問題不大。

在沒有長途電話，更沒有互聯網的年代，與家人溝通的方法就只有以書信。一封信由加納寄到香港，大概要二十天，書信只是報平安，和解決孤獨的一種方法。書信上太太從不提家中面對的任何困難，總是報喜不報憂，那些信件現在我仍保存著。

我寫給太太的內容主要是非洲工作情況，生活上的所見所聞，及問候子女的情況，至於對太太的思念，雖然非常強烈，但鮮有坦白道出。

人在異地，加上香港和加納基本上像兩個世界，文化差異非常大，生活各方面，都會鬧出很多笑話。

在飯桌上商談公務和聯絡感情是永恆的定律，無論中港台、東南亞，還是非洲都一樣。有一次加納當地人請我食飯，他們很重視我們的公司，對我亦很尊重，視我為貴客。所以希望用最好的食物來招待我，他們甚至特別為我準備了當地美食。

我們一席十多人，主客雙方圍坐圓桌前，待應不停的奉

上一盤盤的美食，似乎色香味俱全。看見面前的美食，看了大半天也弄不清楚是豬是牛還是羊，但從外型上看應該是小動物的肉類，但比起雞鴨鵝又有很大的分別。於是我夾起了一塊，放到碗中，順便問問這道菜式的材料，而對方高興地回答說：這是田鼠。

他的語氣就好像說，這是波士頓龍蝦或者神戶牛柳一樣。但我真的不想跟面前的田鼠打交道。當時我非常後悔，希望自己從未發問，但主人家盛意拳拳，現在實勢成騎虎，吃田鼠變成全場甚至整晚的焦點。我知道無論如何我都要吃一塊，方能了事，否則主人家會感到奇恥大辱。

雖然我有豐富的饑餓經驗，但饑不擇食這句說話只適用於饑餓時。當你不饑餓時，你就自自然然去選擇你想食的東西，當時我真的希望眼前是一塊簡簡單單的番薯。

我遲疑了很久，最終還是鼓起勇氣拒絕了。主人家失望之餘，多次勸食，但我始終不敢食，結果那頓晚飯不歡而散。生意呢？當然不用再說了。

另有一次，我見到幾個拿著水缸打水的男女在街上遇見，於是大家圍著一個圈，蹲在地上傾談。我無意間見到地上有幾處淺窪，我以為莫非她們的水缸漏水，但見到缸邊的泥土是乾的，又不像是漏水。若果是汗水的話，又沒可能有

這麼大量。當我正在滿腹懷疑之時，見到一個女人身下的乾地，正確來說是裙下面的乾地，忽然由乾變成濕，而且地上的液體是有顏色的，一灘水還慢慢地散開，這時我才恍然大悟。原來當地的女人都是穿闊身裙，又沒有穿內褲的習慣，當她們蹲著和朋友閒聊的時候，遇上人有三急，根本就不需要做任何動作，就已經完成例行工事。

雖然食用和生活文化有這麼大分別，但是我在加納的生活還算是不錯。畢竟我已經是那邊公司的董事長，有自己的住處，可以自己挑選職員，起居生活也有人負責，所以生活上的適應倒是沒有成為太大問題。

我在加納的房子位於區內核心位置，就在美國大使館旁，流氓不會在這裡鬧事，治安完全沒有問題，但感到缺乏安全感的，反而是因為當地最霸道的蜥蜴。白天不容易見到牠們的蹤影，但一到晚上，牠們就會空群而出，如果你比較早起的話，紗窗外，盡是一隻隻的蜥蜴，但等到而太陽從城市中升起時，牠們又會全躲起來。

我工作的地方其實是在市區的辦公室，每逢週末還要到在郊區的工廠督工，那從城市坐車過去，當然這個時候我已有汽車代步。

工廠位處郊外，一處空地建立的低矮建築物，從遠處看

似是某種秘密的軍事設施。督工的工作當然就是要監督製造進程，也要確保產品的質素，不過除此之外還有很多瑣碎事情要管理。

例如：在工廠外的停車場，經常有流氓在附近大小便。雖然不是甚麼影響生存的重要問題，可是當有人來參觀廠房時，場面就尷尬了。最可怕的是，大熱天時只要中午太陽一曬，就會蒸起一陣臭味。這個時候，留在室內也可以聞到異味，如果踏出大門更加會感到罩在臭氣之中，就算回到市區的房子，還殘留令人作嘔的感覺。結果用最原始的方法，吩咐工人收集一大堆石頭放在工廠，只要發現有人要到廠外方便，就用石頭擲過去驅趕，問題才改善不少。

異味令人頭痛，但有其他問題更令我感到棘手。我上任不久，就已經向所有工人表明，工廠只是工作的地方，不可以用來做其他事，包括亂攪男女關係。我對這種事最討厭，過去也曾因為知道客人有這種愛好，所以故意抬高貨品售價，避免與他們做生意。若在我的工廠裡，這些事我更加不能容忍。有一次我在工廠過夜聽到樓下不時傳來窸窣聲，細問之外原來有工人帶了女人回來。

幾個月之後，有個女人跑來工廠，肚子已經鼓脹起來。不用多說，大家都知道是某個工人做的好事，最初沒有人敢

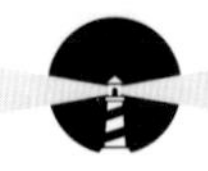

承認，經過一輪查問才審出來。結果，我要所有工人一起湊錢來安頓那個女人，也請她不要再來，事情才算是告一段落。

不用公司的錢去安頓那個女人，是避免人家誤會公司鼓勵這些事情，同時向香港公司會計匯報，亦不知怎樣解釋。最重要的是，由工人湊錢，可以令他們以後互相監督，因為沒有人希望經常要湊錢去安頓人家的女人，將人家的快樂建築在自己的痛苦上。

這些都是與工作無直接關係的瑣事，但都已經令人頭痛。遇到工作上的困難時，要解決就更需要智慧了，因為幾乎每次都十分凶險。

我的其中一個主要工作就是到不同地方參加展覽，展示產品和認識新客戶。辦展覽除了需要事前準備，也要臨場應變。因為展覽是對外公開的，任何人都可以進場參觀。在香港或內地的話，我們會擺放一些座椅方便跟準買家傾談，但在加納，如果你放了大量座椅在有空調的展覽會場，就會吸引很多想進場乘涼，想休息的街外人。他們醉翁之意不在傾生意，而且易請難送，經過多次教訓之後，先將椅子收起，待客人出示銀行證，證明銀行願意擔保後，才拿幾張椅子出來，大家慢慢傾生意。

其實行船跑馬三分險，經常會聽到一些到異鄉經商的人

被謀財害命的事件，所以人在外地經常要打醒十二分精神，否則人生安全隨時會受到威脅。類似的危險事件，我不只遇到一次，我試過在機場有人冒認前來接我機，當時感到可疑，於是就隨意作一個名字出來：是阿陳叫你來的嗎？如果對方是白撞，一定會說：是。這樣就知道對方是假的，結果亦沒有上車。

最驚險的一次，就是我獨個兒坐計程車回酒店，那個司機竟然是劫匪。我觀察到他要載到其他地方，因為途中我認得那不是去酒店的路。於是我繼續裝傻扮懵，和他有說有笑，免得令他起疑。直至他在交通燈前停車，我立即從袋中抽出經常攜帶的小刀，而且作勢要宰了他，結果他落荒而逃。

有時酒店員工見我是外地人，會故意說酒店已經沒有房間。這個時候在酒店外面肯定會有一班人在等候，而且應該都是不懷好意。我唯有施施然的，走到酒店門口叫個妓女來和我過夜。她當然不會拒絕，於是我叫她替我到櫃枱租房。結果當然是還有空房間。而當我和她走到房間門口時，我立即叫她離開，而且送了一隻手鐲之類的小禮物給她作白走一趟的補償。

我在加納工作的日子，雖然並不容易，但問題都一一解決。不過人生總不單只工作，在香港我還有家庭。

人在非洲，家裡很多事都只能靠太太和老媽子互相照應，連孩子讀書的事也要由她們奔走。我一直覺得自己沒有好好讀書，而且中途輟學，所以我很希望孩子可以受到好的教育。我很希望兒子可以入讀聖類斯中學，因此即使身在非洲，仍然寫信回港，向學校請求，不知道是否這封信的原因，兒子最後被聖類斯取錄。當時我非常開心，一個多年的心願總算由兒子幫我達成，前後三個兒子都在聖類斯畢業，對我來說是一件很值得欣慰的事。但身在異鄉，寫信可能是唯一可以為子女做的事情。

所以在一九七九年，我就寫信跟太太商量，如果回港另尋發展好不好，為了工作和金錢而要跟家人長期分開實在不值得。加上老闆想我在一九七九年四月從非洲回港，參加廣州交易會。所以就可以乘機去考慮完全回港發展。

而且，當地的生意，在我們的經營下，第二個月已經有利潤，到了第八個月後就已經收回成本，達成了公司給我五年期限的目標，對公司總算有個交代。

我們經營的成績好，一方面的確是我們努力打拼的成果。而匯率的幫助亦很大。當時加納的經濟經歷很高的通貨膨脹，加納貨幣（Cedi）由最初的 1Cedi 對 0.87 美元，貶值到 3 Cedi 對 1 美元的官價，但這個價仍然沒有人願意交易，因

為黑市價已跌到 1 美元兑 13Cedi（到了八三年甚至暴跌到兑 130Cedi），由於我們用美元結算，所以從匯率中取得的利潤亦非常可觀。

老闆被擄

我在一九七九年四月十三日從非洲回港，參加廣州交易會。我最初以為回港之後很快就會遞信辭職，回港後，我被安排坐到證券部門的辦公室，我原來的位置由大老闆的兒子坐了。我知道位置不單代表座椅，而是代表權力和尊重，大老闆的兒子總是羨慕他父親對我的信任，因此，當他坐在我的座位上時，他是在公司每一個人面前展示他的權力。我於是向二老闆提出辭職。後來大老闆知道我辭職的事，他於是改裝公司，在公司角落安排了一間房給我，老闆的重視令我願意繼續為公司打拼。但真正的問題還沒有處理，大老闆大兒子仍然想我離開，所以我亦準備再次辭職。

豈料在我説想遞信之前，公司發生了一件大事。

公司二老闆在一九七九年六月二十五日被綁架。對方要求十萬港元贖金，這個數目在當時是驚人數字。記得那時市區住宅樓價約三百元一呎，十萬元已可買三個過千呎的單位。

大老闆非常緊張，人命關天只有被迫配合。我們事先向恆隆銀行打招呼，需要大額現金。我記得在晚上七、八點去到銀行拿現金，然後到尖沙咀碼頭交給一個男人。

贖金交了，大家都回去等消息，但二老闆一直沒有再出現，及後警方查了一段時間就不了了之。事後大家估計，綁匪是曾跟二老闆家族生意上發生糾紛，於是謀財害命。

二老闆的失蹤，令公司突變，大老闆叫我負責擔起二老闆的工作，他希望我可以留下來。在公司最危急的關頭，我知道我需要留下來。

在二老闆失蹤的日子，老闆仔（大老闆大兒子）眼紅我被公司重視，管理那麼多方面工作，有較大職權。我和大老闆大兒子的關係變得愈來愈緊張，曾經有好幾次幾乎要大打出手，但我都忍住，大老闆一直告訴我不要生氣。

後來有一次，我像往常一樣早上回到辦公室，那時每個人都已經上班。當我走向我的辦公桌時，我看到所有東西都被扔到了地上。房間裡只有兩張桌子，一張是我的，一張是他的。因此，我確定是他在做這種低級愚蠢的事情。我二話不說，向大老闆事先張揚，說：我不跟你解釋，我今天肯定會打你兒子，等我打完他之後，我再回來跟你解釋原因。大老闆安撫我說：我明白的。雖然我真的很憤怒，但大老闆開

聲，我始終尊敬和給面子我大老闆，結果當時沒有打架，但我和太子爺之間的矛盾卻愈積愈深。

在這樣的氣氛之下，我又多做了六年，這段期間，平日我也不會任他欺侮。我跟公司裡每一個人公開講，我只會聽大老闆一個人的命令。其他人想叫我做事，都要先經過大老闆，否則一律被我「請」出辦公室。

我這種的脾性好可能是一窮二白的童年使然，我不怕窮；不怕苦、更不怕沒有工作，因為我相信只要肯努力，哪裡都可以換到飯吃。不需要為五斗米折腰，或向看不起我的人搖尾乞憐。

我一直工作到一九八五年六月，經過我和妻子慎重討論後，決定自己開公司創業。到最後我離開這家公司的時候，我給公司四個月的時間，去交代和移交手頭上所有的工作。

自立門戶

香港商業中心
HONG KONG PLAZA

離開舊公司後，我開設了自己的出入口公司。

最初跟一個合伙人一起開公司，我們租用香港商業中心三十八樓一間（corner office）「角落」辦公室單位，約一千五百平方尺。單位一面向維多利亞港，另一面向太平山頂，我們使用一半空間，合伙人使用另一半。我們的業務是分開的，選擇跟人合伙開公司，是因為剛開始做生意的時候開支很大，而他提出和我們分攤租金和開支，條件是要得到我交易收入的三分之一。

一年多之後，大家合作上產生了一些矛盾，於是我跟合伙人拆伙，合伙人離開公司，我繼續租用原來單位。當時沒有其他選擇，就算手頭資金短缺，只有和太太並肩作戰，那時她會和我一起捱更抵夜，一起渡過最艱辛、最拮据的日子。

我的生意主要的市場是菲律賓，出入口貨品種類非常多。最初是電視機、布匹、糖果等，擔當轉口的角色。香港

作為一個轉口港，當時部分中國南部的貨物會經香港運到北部，反之亦然，從事這種業務的商行便被稱為南北行。我們主要擔當買手的工作，為菲律賓的客人尋找新產品、新貨源。找到適合產品，談妥最佳價錢之後，還跟銀行安排信用狀（LC）令到買賣雙方都有保障。

想起我一生跟菲律賓有很多淵源，養父在菲島工作，「大哥」後來定居在那裡。太太是當地華僑，岳父住在那裡，打工時幾成的生意亦是來自菲律賓，所以自己自立門戶，菲律賓就好像一個必然之選。

以前的老闆在過去的日子提拔我，讓我可以在出入口這個行業，學懂不少寶貴的知識和人脈。我有自己的原則，絕不會找老闆以前的舊客，甚至老闆介紹我的新客，亦一一謝絕。我不想亦不敢在離開舊公司之後，利用舊公司得到半分的好處，就算最艱苦都必須要自食其力。

當時孩子們已經長大，最小的已經讀小三，與太太商量之後，她決定出來公司幫助我，計劃在我創業最初的幾年幫助我，然後她可以專注於孩子，專注家庭。我經常說，每一個成功的男人都是因為背後的女人，但我的妻子更是和我並肩作戰。雖然她從來沒有工作經驗，但她願意從頭學起，從電報、打字、報關、與銀行聯絡、會計。她從不缺乏學習和

工作的熱情，她每天雖然工作到很晚，她還會趕回家做飯，陪孩子讀書，哄孩子睡覺。我不知道她的精力從哪裡來，看起來她比我在舊公司的日子更勤力，更拼命為公司工作。

那個年代，不少買手都會私底下向賣家收回佣，不少老闆亦心知自己的買手會這樣做，只要不會太過分，不影響公司基本利益，好多時都會隻眼開，隻眼閉。但不少行家亦因此而得到豐厚利益，甚至可以提早上岸退休，當中的手段實在令人側目。

但我從不收佣金，亦不會羨慕已上岸的行家，就算客人主動提供，我都會全數交回公司。由於我以往誠實可靠的作風，在菲律賓商界亦略有名聲，我不經意建立的個人信譽同時為日後創業時帶來不少機會，一些行家知道我離開舊公司之後，主動跟我洽談生意。畢竟跟一個誠實可靠的人做生意，能夠大大減少經營上的風險。

當時我們開始運輸布疋到菲律賓，經公證行的確認，之後將一貨櫃一貨櫃的貨物運到菲律賓，經過太太的全力協助，我們漸漸賺到第一桶金。

回顧自立門戶的幾十年，經歷了無數的風浪。

記得有一年，我跟菲律賓的生意愈做愈好，愈做愈大。生意上有規模，成本上減省了不少。當時不少行家，亦會搭

單，利用我們的渠道去運貨到菲律賓。當時事業正在起飛，其實有點過分自信，而忽略了一些危機。

當時每天大量的貨品，以我們公司的名義，從世界各地入口菲律賓。但貨品文件上報關的東西，跟真正出口的是否一模一樣呢？只有貨主知道。當時其中一位客人是南亞裔的商人，報稱從美國運送一些日用品到菲律賓。但究竟是否真的日用品？我們一向只講個信字，但這個信字為我們添上無比的麻煩。

原來他偷運一批軍火到菲律賓，經我們公司戶口，所以警方開始懷疑並跟縱我超過一星期。結果在中秋節當天上門更將我拘捕。到達警察局時，我被帶到一個房間，有兩三個警察進來盤問我，一個穿著便裝的沙展，脱掉配備有手槍的外衣，大力放在桌子上，我生氣地說：「你是在威脅我，恐嚇我嗎？」他隨即用很小的聲音回答我，說：「對不起，對不起，我只是很熱，我不是故意的。」他不斷重複道歉，我的怒意也消減了。

警方在警察局盤問期間，希望我招認沒有犯過的罪名。經過漫長的盤問和跟進，警方相信我沒有參與其中，買家其實是虛假申報貨物資料，我是無辜被牽連在內，全身而退。

經此一役，我深深體會到雖然協助行家運貨到菲律賓會

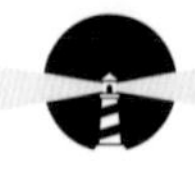

帶來不少利潤，但行家申報的內容是否真確，當中會否滲入一些問題貨品，我們當中間人的無權去查問，萬一出事的話我們會犯上可大可少的無妄之災。為了一家八口的安全幸福，我們醒覺到這些錢我們不願賺，亦不敢賺。

另一次驚險的事發生在尖沙咀星光行。

有一位新相識的人，一天走上公司來，大家寒暄幾句他就離開。不久他約我到星光行吃飯，說要介紹幾個重要生意人我認識。在商界人脈網絡非常重要，所以在創業初期，我從不錯過一些認識商界朋友的機會。

當日我準時出席，而話說將會到的幾位 VIP 正趕來，大家還未開始吃飯，不如大家打啤牌消磨時間。

我從小生活困苦，所以金錢對我來講是非常重要，到我現在生活尚算充裕，我對一元八塊的消費仍然非常謹慎，所以從來都不喜歡賭錢。見他們開賭，我萬分不願意參與其中，他們見我沒有參加，便你一言我一語的慫恿我去參加。見我仍然不肯就犯，於是就說，我們兩人夾份，輸贏平分。起初一路在贏錢，後來就愈輸愈多，最後就跟我說我輸了二百萬。

其實整個過程我都沒有真正參與，但在一個「天仙局」之內，沒有甚麼道理可言。我只有打電話去銀行，叫銀行經理準備二百萬現金，銀行經理跟我相熟，亦深知我們錢銀出入

的習慣，突然間要馬上提取大量現金，覺得很可疑，於是打電話給我大女通知她這件事。大女亦醒覺到我應該在不願意的情況下被迫打那個電話，於是她亦報警求助。

至於我被脅持之下，坐上他們的私家車到中環銀行總行提款。去到中環，起初他們不肯讓我下車，但我說銀行要見我真人才可以提到款。他們只好讓我下車，下車後，我身處中環的街上，雖然被人牽制著，但只要我大聲呼叫和反抗，一定會引起其他人注意，事情就會暴露出來，我就嚇他們說銀行有護衛，他們不怕嗎？那時他們已見慌張，我還主動叫他們到我公司坐一坐，其實我只是虛張聲勢，但想不到他們擔心是一個圈套，所以亦不敢跟我去公司，結果我就脫身了。他們臨走前還警告我，遲些會找我追錢。這件事結果亦不了了之。經過這一次經驗，更加令我不喜歡和不敢賭錢，因為如果當時我真正有落場賭錢，又真的輸錢的話，就算報警，都未必可以全身而退。

開公司至今三十多年來，不少客人一直都與我維持生意上友好的關係。有今日的成就，除了太太，大女、大子和二女的幫助實在功不可沒。

他們對於公司業務的發展擔當很重要的地位，不單單是父親和兒女的關係，更加可以想像是我的伙伴，大家並肩作

戰，各展所長。雖然我不常常掛在口邊去稱讚他們，但我心裡面是非常感恩。這麼多年來，他們一星期六天甚至整整七天，都為著公司的事情奔波勞碌，我們要出國擺展覽更加是幾天沒有睡覺，現在回想起來，種種甜酸苦辣，實在是難能可貴。

有這麼能幹的兒女在我左右，也有一位賢能的太太，雖然不是甚麼大富大貴，但我覺得已經心滿意足，上帝已經給我最寶貴的東西，常常在我左右。大仔是這麼多兒女當中，情商最高的一位，最有耐性，聆聽別人的説話。他很早便出來工作，白天上班，晚上上學，畢業於香港大學，主修會計。二女負責建立生意夥伴的關係，介紹新產品、推廣活動以及提升公司業務的多元化發展，發揮了很重要的作用，而且性格外向開朗，精通四種語言。所以她常常陪伴我到海外去參加展覽，和應酬從英美以及澳洲來港經商的客人。她是讀酒店管理的，所以每次和她出門，我們一定會在當地的城市嘗試新的美食，她也是由小到大，最懂得表露感情，最懂得去愛錫媽媽的女兒。大女和我的性格最相似，從早到晚都為著公司的事情，為著弟弟妹妹的事情，為著媽媽的事情，為著姨甥女的事情，想盡辦法給他們最好的安排。從她懂事以來，便懂得照顧自己，不需要我們操心。每年在學校也是學業取

得頭幾名的優異生，到入大學的時候，我們希望她能夠汲取外國的經驗，所以就選擇了加拿大的首府多倫多大學升學。回港後，雖然她想繼續升學，也考上了香港大學的碩士課程，但因為公司正處於擴張階段，所以她毅然退學，全心全力的管理公司上上下下的內部發展，也是因為這個原因，我和太太，便可以專心去發掘新的生意機會。所以，這麼多年來，他們三位一直彼此並肩作戰。

幾十年營商，日積月累下來的經驗，一直堅守自己的原則，到今天總算有個溫飽，不用憂柴憂米，不用擔心挨餓。糟糠之妻雖然早逝，五個仔女事業各有發展，而且亦各自成家，我亦老懷安慰，現在還定期跟舊同事，老同學一起飯聚，齊齊想當年。

我的妻子

我太太叫 Amy ，是在一九六六年互相認識的，那一年，我二十七歲。

在那個年代，男人到了二十七歲結婚已經算是晚婚。我雖然有一份不錯的職業，但其實工資仍是很低，所以成家立室沒有半點的奢望。如果沒有結婚的計劃，就不敢隨便結識異性。

在第二家公司工作期間，我很珍惜這個機會，我每日為工作打拼，將工作放在我生活上的首位，甚至唯一的目標。我經常通宵達旦，很多事情都兼顧不到。

當時有一位朋友覺得我為人尚算正派，加上年紀不輕，於是想幫幫我。正好他另一位菲律賓華僑朋友的女兒，剛好十八歲，中學畢業後一直在香港。經女方的家長同意之下，介紹我跟這位我的初戀，將來的太太互相認識。

我們第一次約會，是相約在銅鑼灣大丸百貨公司的門外

見面，朋友介紹雙方之後就離開了，我們便開始單獨相處。

因為經濟問題，第一次見面亦沒有去上館子或看電影，兩個人只是邊行邊聊天。當時有甚麼話題，我真的忘記了。但她給我的感覺，衣服端莊、斯文大方，眼神帶著優雅、嫻靜。再加上標準的瓜子臉、白皙無瑕的面容和那份溫柔的笑聲，使我久久難以忘懷。

首次的約會其實感覺和印象都非常好，傾談之下，知道她父親在菲律賓開了一家很大的香煙廠。看來 Amy 算是家境富裕，但是我身無長物，收入微薄，自覺大家身分上有一段很大的距離，實在不敢胡思亂想。所以，第一次見面後，雖然很想再次見到她，但始終不敢再找這位心儀的富家女。

幾個月之後，介紹我們認識的那位朋友，見我們毫無進展，細問之下發覺我是自覺家庭背景的懸殊問題而卻步。朋友安慰我說，女方的父親一早就知道我的經濟狀況，但知我是一個正直的人，亦放心讓女兒跟我結識；加上大家亦只初認識，可以先交朋友，其他的事日後再考慮。

於是我又鼓起勇氣去跟 Amy 交往，待大家認識較深，才知道，她跟我有不少共通的地方。她在福建長大，因為家貧，年少的時候賣給一戶姓王的家庭，養父在她小的時候就去了菲律賓，因此她長大過程中幾乎沒有見過養父。除此之外，

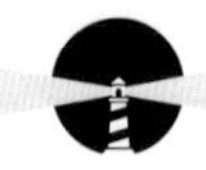

他還娶了一個菲律賓人。後來輾轉之下，Amy跟隨她的母親來到香港，之後居住在北角、在銅鑼灣讀書，直到中學畢業。知道她這真正的身世，原來我們都算是同病相連，同時亦增加了不少親切感。

這樣我們的距離大大拉近了，但一九六七年正值社會動亂，很多地方都不敢去，交通上亦有不少不方便的地方，所以，我每次都由西環家步行去北角見她，我們「拍拖」的地點都主要是公園，例如維多利亞公園，兵頭花園和虎豹別墅。充裕的日子我們偶然都去看電影，後來更開始拖手仔。

當時我的兩位老闆，見我拍拖有一年時間，大家感情穩定，於是決定幫我做主，還訓示我說：「現在還不結婚，要等到甚麼時候？你年紀還小嗎？錢方面不用擔心，我會幫你解決。」還充當我們的介紹人，向她的父親提親。剛好，她的父親剛從菲律賓到香港，於是大家就相約在酒店見面，當時我還很豪氣的跟未來岳父講：我喜歡你女兒不是為了你的錢。當時以為自己很有骨氣，現在想來應該感謝岳父的包容。在一九六七年，老闆們出錢出力幫我籌辦婚禮。

但結婚的準備實在不少，第一步當然是要買新西裝。我到了文華酒店內有百多年歷史的服裝老店，訂做了一套西裝。由於店長是我在夜校學習時的一個好朋友，所以，有一

—— 到影樓拍攝的結婚紀念照，
留住最美一刻

個超優惠的折扣。至於酒席方面，都是老闆們幫我在銅鑼灣一家中菜館，訂了十多圍。並且邀請了一位保良局高層身穿長衫做我們的證婚人。

雖然當時我們沒有註冊，但在場的親戚朋友的見證之下，結婚的誓約比任何手續或繁文縟節都來得更堅定。

記得當養母知道我結婚的計劃，她的反應很冷靜。擺酒的時候，養父母甚至兄姐都到場，多年沒見他們，童年無數的回憶立時湧現在眼前。但結婚實在有太多東西要兼顧，跟養兄姐年少時的恩恩怨怨，無數的打罵和傷痛，在一迅間好像沉澱了下來。雖然我英文不大好，但 forgive, but not forget（寬恕，但不會忘記）這句説話，就正正反映出我的心態。

結婚之後，我們亦搬到石塘咀一棟樓高十五層的大廈，地址是大道西五〇三號四樓前座，面積約五百多平方呎：三間房，還有一個可以放一張麻將枱大廚房。我們兩夫婦住一個房間，另一間是養母住，還有一間暫時放雜物，之後就可以成為嬰兒房……

那個年代，一切都是順其自然，連生小朋友都一樣。一年後我們的大女在養和醫院出世，在下一年大兒子出世，之後，再生一個女，和兩個兒子。順序是女，子，女，子，子。後來我很喜歡跟人家跟我説，你最小的兒子是「好好子」，可

—— 結婚宴會當天留影

—— 結婚宴會當天留影

能也是出於這個原因，我的太太從小到大最疼愛這個兒子。

子女陸續出世，雖然生活不算富裕，但婚後的生活甜蜜，工作上也非常順利。看起來像本應很不錯，但家家有本難唸的經，最困難的章節要算是婆媳糾紛。中國有五千年文化，婆媳的關係就好像緊張了五千零一年。但問題不在於個人性格上，而在於大家在家庭中角色上的矛盾，與及她們對我這個兒子加丈夫在期望上的落差。

太太是一個本性溫純的人，從來不會跟任何人惹麻煩，她非常懂得處理鄰里關係。因此，她和鄰居相處得很好，很快結交了很多好朋友。她亦非常尊敬我的養母。但日常的瑣事、小如飯菜的選擇，大如對小朋友的管教，養母都會為每一件事情而抱怨，每天這個家都在上演六國大封相。

幸好太太的情商非常高，不會因這些家庭小事而鬧情緒。但相反，養母的情況較難處理，她跟太太好像怎樣也合不來，妒忌、看不過眼的情況經常發生。

我左右做人難，亦不敢多管「閒」事，太太善解人意，不會常掛在心。但養母偶然會半夜三更，大叫大哭，不單吵醒家人，而左鄰右里都同樣受影響。

多年後回想養母的情況，相信她是出於寂寞才這樣。當年我工作繁忙，加上從未有經驗處理家庭問題，不知道所謂

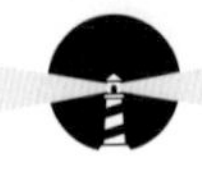

一家之主應該如何平衡家中的各方勢力。更重要的是那個年代我每天只顧為口奔馳，只想令家人有個溫飽，有時間靜下來，亦沒有考慮過大家的心理問題。

養母一個人在香港，我是她唯一的依靠，我們新婚燕爾，加上小朋友陸續出世，對她的照顧和關懷變得愈來愈少。如果我懂得多跟她傾談，找些機會逗她開心，她的情況可能會好很多。但當時真的不懂，只是覺得為甚麼她要無故找麻煩呢？其實問題始終出於她內心的寂寞和缺乏安全感。

一家八口

就是這樣，我們一家八口，住在這一間只有五百多呎的房子裡。雖然不是生活富裕，總算是一個溫馨的安樂窩。太太是全職母親，除了照顧家中的日常家務，也特別用心照顧和教養孩子。白天一早便預備早餐給五位孩子，帶他們上學，安頓好了，便到街市買餸，預備午餐和晚餐的材料。那個年代，無論街坊鄰里，還是街市裡的人，都非常熟絡。可能太太非常年輕，又生了五個孩子，非常能幹，也常常關心街坊，所以，每天晚上，我們的餸菜，總比我們預計的更多。

雖然日子不易過，但日子始終過得很快。等到小兒入讀聖類斯小學之後，太太趁有機會就到附近的工廠，拿一些簡單的工作回到家裡，幫補一下家計。她總是為著家裡著想，從來沒有半點怨言，也不會埋怨。

太太雖然不是信奉佛教或道教，但每逢初一十五都到會拜神，希望我這位丈夫工作順利，家人身體健康。她總是為

—— 太太與幼年的孩子

—— 養母與初出生的孩子

——我們這一家

著這個家操勞。每年農曆新年，總算是我們這一家人最熱鬧的日子，每年年三十子夜時間先在家裡拜神，然後大清早便會到跑馬地、黃大仙和車公廟拜神，祈求新的一年家中各人平平安安，事事順利。

我很相信，每一個成功的男人背後，必須有一個賢妻，我的事業不算是很成功，但太太的支持實在功不可沒。她有能力照顧家庭、支援丈夫，讓我可以專注我的工作，全力去為事業打拼。

雖然工作很忙，但無論如何，我每天都會準時回家，跟家人一起吃晚飯。有些時候，晚飯後會跟太太散步；有些時候，我會帶兒子搭 10 號巴士回德輔道中寫字樓公司工作。到了大概晚上十時左右，在回家途中便到樓下的小販店買一點宵夜回家。

雖然我們的錢不多，但我仍會盡力滿足太太跟孩子們的需求，例如看電影，去公園玩玩，都是一些不需要太多錢的活動 。

兒子完成了我多年的夢想，考上了聖類斯學校讀書，女兒則在聖嘉勒讀書。我們的五個小孩從來都不需要我們操心，大的會幫小的溫習，最小的最喜歡逗我太太開心。

到了一九八五年，當我開始自立門戶時，太太亦開始到

公司幫我打拼。她以前從來沒有打過工，第一份工就是幫我創業。由於本錢有限，所有開銷可省得省。太太於是開始學打字，學電報。我一向都知道太太是一個賢妻良母，但想不到太太上班的時候，是一個日理萬機，有條不紊的萬能女俠，我實在太幸福、太幸運了。

記得剛開公司時，最小的兒子剛上小學三年級下午班，每天早上，太太會預備午餐飯盒，帶著他到公司，坐在大班椅上溫習。太太知道他最喜歡吃雞扒飯，吃完午飯，太太就會帶他去上學，學校距離公司只有五分鐘路程。

就這樣，我們兩公婆事業上打拼了十多年，蒙神祝福，生意上尚算有些成績，業務走上正軌，愈做愈大。我們買下現在公司的其中一個單位，及一個貨倉。

那時太太很喜歡遊車河，所以，我們便去學車，之後就買了第一輛車。子女亦漸漸長大，我們將孩子們一個一個送到外國升學，大女和二子先後到加拿大升學，二女喜歡讀酒店管理，太太便送她到瑞士升學；唯有大兒子願意留下來，決定早點出來幫公司手，一邊讀書一邊工作。

到了一九九三年，太太希望一家人能夠移民加拿大，我們申請移民，很快便批准了。所以一九九三年暑假，小兒子到加拿大讀書的時候，我們便舉家移民了。

家中一個個對未來的決定，都是太太提出的。太太實在很有遠見，很有眼光的人，是因為她，我才有現在的成就，上天對我實在太好，有一個好的家庭，生意也愈做愈有規模。

正正在我人生最得意的時候，兩夫妻終於可以將腳步放慢，好好享受兩人相處的時光，突然卻傳來一個惡夢，太太得了末期肝癌，那年是一九九六年。

死亡啊！你得勝的權勢在哪裡？死亡啊！你的毒鉤在哪裡？

——哥林多前書 15 章 55 節

誰知道她五十歲的那一年，一天突然感到不適，醫生檢查後，知道她患上第四期的肝癌。那時我真的晴天霹靂，事業上可說是甚麼都有，但為甚麼天會如此對我？為甚麼我沒有留意到她的身體轉壞，為甚麼我沒有對她更加好？為甚麼……

雖然為太太的病程非常擔心，但我每一天都同自己講，有希望，一定有辦法，一定可以在某時某地，有一種治療方法可以醫治好她這個非常嚴重的癌症。所以我用盡所有方法，所有人脈網絡，要同時間競賽。

往後數個月，我們反反覆覆進出瑪麗醫院 K 座二十一樓的私家病房，做完兩三次化療之後，總算可以控制到癌細胞擴散。當大家以為可以唞一唞，歇一歇時，誰知道，病情又再次加劇。這一次，私家病房床位已滿，唯有要太太要搬到一般的大病房，太太很怕嘈，所以在大病房裡面更加沒有時間可以好好休息，養好心情繼續同病魔作戰。

其實我們很幸運，可以請到著名的范教授，作為太太的主診醫生。范教授是肝臟的權威，但是，癌細胞是不懂得看人的，它只會等待機會去侵蝕所有的好細胞。我不能想像太太在這段日子是怎樣熬過的。歲月，好像無情的獨裁者，掌握每一天生與死的時間。那個時候，雖然我有信仰的強大支持，但經常會感到無助和無奈。

這段時間，五個子女輪流到病房去陪著媽媽，就連在家中的養母，都千叮萬囑，叫家中傭人，一定要準時煲最好的湯水給媳婦。可能因日子有功，我太太一直不理多少批評，只用真心用全力去照顧養母。這些生活上的點滴養母都看在眼裡，以往一直都不宣之於口。但看到太太得了癌症，面對這顆善良但又脆弱的生命，以前的所謂「恩怨」，原則和面子，已經不再重要。

有一段時間，在加拿大讀書的幼子因母病重，三月份飛

回香港，放棄九月入大學第一年的機會，專程要回來陪著他最愛的媽媽。雖然這段時間，十九歲的幼子，最令太太擔心，我甚至心裡有時會責怪他，會否是太太因過於擔心幼子而得出這個病？當中的因果實無法追究，因為，我相信「萬事都互相效力，叫愛神的人得益處」。雖然，幼子這段時間是最反叛的時候，但意想不到的是，他每一天晚上都會去醫院陪伴他媽媽，每天在媽媽的床邊哼著這一首詩歌：「凡勞苦擔重擔的，可以到我這裡來，我就使你們得安息！」記得有一天是打八號風球，小兒子仍堅持去到瑪麗醫院陪著他的媽媽，陪她過夜，因為他怕媽媽自己一個人會寂寞。

我的工作實在太忙，要推的我都盡量推，要應酬的我盡量都避免，希望爭取更多時間，找資料，陪太太。同時我的大女決定放棄繼續修讀研究學院，來到我公司幫我手，因為沒有了太太的幫助，公司出現混亂。客人和銀行想找我太太，處理日常事務，沒有人跟進。大女從小就好清楚自己需要做甚麼，自己的角色是甚麼，從來不需要我們操心。但因為她這個倔強的性格，跟我本人太過相似，兩個性格相似的人放在一起，就會產生矛盾各不相讓，很多時候好像水火不容。我記得有一次，我在盛怒之下，手裡面拿著一個陶瓷飯碗，狠狠的扔到她的頭頂，她當時血流如注，跟著馬上送她到醫

院縫了多針。

事後我非常後悔自己當時的一時衝動，但大女一直沒有將這件事放在心中，畢竟我的「臭」脾氣，就是這樣。她很有大家姐風範，尤其是太太患病期間，一直悉心照顧弟妹。學業上她每一年都考第一名，可說是前途一片光明。但到了公司需要她時，她就二話不說，放棄自己一切的目標，回公司幫助我打理業務，應對公司裡大大小小的問題和危機，我實在太幸運，有大女的協助，她幫公司處理很多業務，解決很多問題，公司亦可重回正軌。

其實太太一直拜神差不多三十多年，經常求神拜佛，但她看見幼子在床邊唱聖詩，她沒有半點的反感，反而幼子的歌聲能為他帶來不少的安穩。一天突然間，她放棄多年拜神的依靠，且堅決肯定的，決志要跟隨主耶穌。因為她對我說，神跡，他們為我祈禱，我突然間可以由大房回去私人房間，這不是大大的神跡嗎？當時我心想，要不是我找到醫院裡面一位朋友幫忙，又怎可即時轉回到私人房間來。但事後回想，其實一切都是神的恩典，神的安排，神永遠給我們最好的，神實實在在的穿透我們的心，明白我們的肺腑。

太太一直在瑪麗醫院留醫，病情沒有好轉，一九九六年八月，病情反而逐漸惡化。之前太太可以下床走走，自己行

去洗手間，甚至出外走走。但到後期，只可以在病床上，微微的坐起身，吃一點粥水，但坐著不久，又因為太疲倦，或者太痛，又要躺在床上。

看見她的身體，她的健康，好像不能回轉，慢慢地要離開我們。我的心，比起刀插更加痛苦，我真的希望這痛苦可以轉嫁在我身上，不要施加在心愛的妻子身上。她為這個家庭付出了她的全部，為我堅持到底，不斷默默無聲的支持丈夫。她雖然知道病情不會出現奇蹟，但是她看來不大擔心自己的病情，還格外的平靜安穩，亦很勇敢地準備自己將要面對的新旅程。心裡面好像非常肯定她將要去的地方，是不再有痛苦，不再有眼淚，不再有憂傷。

病情一直惡化，大家都已經有最壞的打算。有一天，我的兩位女兒，在媽媽面前痛哭，埋怨上天，為甚麼要媽媽受這些苦，為甚麼要媽媽這樣得到這個病。她突然坐在床邊，默不作聲的拿起一個橙來，剝開，遞給兩個女兒，對她們說，「你們不再需要為我傷心，因為我心裡很平安，我知道我要去的地方，是一個天堂，是一個主耶穌為我預備的地方，我有盼望，我都希望你們有盼望。」

從那天開始，她那面上總帶著光彩，那種光彩絕對不是一個末期癌症病人可以假裝出來的。她身上好像散發出一股

的香氣，猶如天堂的光反射在她的面上，她的聲線好像天使的聲音，既溫暖又肯定。她心裡清楚知道自己的時間不多，她一定不捨得我們，就連短暫的一秒也不想離開我們，但她知道天堂的大門正在為她敞開。

時間比我想像的過得更快，在我的心我的腦海中，沒有停止過下來，非常焦急。中醫、中草藥、日本的癌症天然治療，我所想到的，我都試過。更奇妙的是，太太希望可以受洗，瑪麗醫院院牧團隊即時為我太太進行水禮，那時是她將近去世前一到兩週的時間，彷佛知道自己在地上的時間不多了。

十月的某一個星期六，就是太太信了主耶穌的不久之後，我很清楚記得那一天，因為下午也正忙著某幾樣公司的事情，天色在中午打後便開始烏雲蓋頂，我還在辦公室忙著，心想像往常一樣一到黃昏便趕去醫院看她。到了接近黃昏時間，突然女兒打電話給我，說媽媽好像不行，我立即放下手上的工作，不再接任何客人的電話，匆匆趕往醫院。

當我到達醫院時，全家都在那裡陪著他們的母親，我的妻子到最後一刻。太太安詳地離開。雖然我早有心理準備，但失去至親的痛苦是筆墨難以形容，內心的悲痛與及空虛，令我感覺不到自己的存在。

第二天早上，心裡面仍是十分哀痛，天色突然間晴朗，光線照射在我的臉頰上。那一刻，就像天父的雙手要擦乾我的眼淚，在我耳邊低聲說：「我接你愛妻到我永遠的家，在那裡，沒有痛苦，沒有眼淚，我會照顧她，直到我們再次見面。」

當太太離世，那一刻真的有想自殺的念頭，想去找她，怕她在另一個世界迷路。幸好這時二子跟我說：「爸，我們已失去媽媽，我們不想再失去您。」

他這句說話猶如當頭棒喝，這時我才醒覺，思念太太是人之常情。但我知道在世上還有很多責任，子女都很需要我，亦很關心我。相信太太亦希望我可以好好照顧我們的五個仔女，慢慢的我心境漸趨平靜。

之後的日子，當然有不少孤獨的時間和念頭，但我不願續弦，因為怕建立新家庭，會令子女陌生和尷尬，甚至會令到彼此關係疏離，於是決定獨力照顧孩子。現在子女都長大成人，各自成家立室，看見兒孫融洽，相信當年的決定是正確的。

間中我會在我心裡大聲的叫太太的名字，想「質問」她為甚麼要這樣殘忍的離我們而去。雖然這只是我個人情緒的抒發，但我相信她會聽到我的說話。現在偶然仔女主動提出跟我同住有個照應，但我寧願大家住得近一些，但不同單位，

讓大家的距離，既遠且近。

我童年除了生母和老媽子之外，幾乎得不到其他人半點的愛，當我與太太認識，我得到一種從未感受過的愛。從未得到前，完全不知道自己缺乏了甚麼，得到之後，才知道被愛的感覺是如此的深厚，甚至無窮無盡。

在莊家被兄姐暴打的經歷，令我一直面對一個扭曲的世界，當我見到子女年少時，兄弟打架時，就會不期然想起當年在福建的日子。所以我非常期望，五個子女可以手足和睦，互相幫助，互相愛護。

聽著，我要告訴你們一個奧秘：我們並不是都要死亡，乃是都要改變——就在一剎那，眨眼之間，最後的號角吹響的時候。因為號角一吹響，死人就要復活成為永不朽壞的，我們也要改變。那時，這必朽的身體要變成不朽的，這必死的要變成不死的。當這一切發生的時候，就應驗了聖經上的話：

「死亡被勝利吞滅了。」

「死亡啊！你得勝的權勢在哪裡？死亡啊！你的毒鉤在哪裡？」

哥林多前書 15 章 51-5 節

—— 期望我的子女永遠像童年時候一樣，
相親相愛。

—— 兒女在外地，我與太太前往探望。

信主的經歷

宗教信仰在今天對我佔了一個重要的位置。但回想在福建鄉下的日子，我對中外的宗教是零接觸。

到了香港之後，我開始跟天主教結緣。結緣的原因，跟不少中國人一樣，都是由教堂派米、油、米粉等的食物開始。那時每星期去教堂拿救濟物資一次，起初我們拿了食物便走，跟教會沒有發生半點其他關係。

多去幾次之後，開始認識教會內的林神父。他叫我有空可到教堂聽故事。那時候我時間多的是，重點在於是否願意去而已。

就這樣我就開始去聽故事，在教堂能帶給我無比的安全感，這是我從來沒有感受過。回憶童年一直活在徬徨之中；到了香港，生活雖不算充裕，但總算不用擔心被人打，每天有兩餐溫飽，可以上學求知識，還有教會內的關懷和慈愛，我很感恩當時得到的一切。直到一九五六年，我決志受洗，

洗禮的地方就在西半山的聖安多尼堂。

天主教對我影響最大的要算是尋母的整個過程，在茫茫人海中找生母有如大海撈針，那段時間我經常到教堂祈禱，希望奇蹟會出現。我特別喜歡在晚上到教堂，一般這段時間不會有甚麼活動，所以教堂內不會燈火通明，只會亮起幾顆微弱的燈泡，感覺上更清淨，頭腦更敏銳，甚至跟上帝的距離更接近。

我祈求上帝可以幫我尋回生母，雖然心知很困難，但我有很大的決心和信心，結果奇蹟真的出現，可以尋回生母，這亦是我對上帝萬分感激的一件事。

活在香港，宗教的包容是值得我們驕傲。一個家庭的成員各有不同的宗教，很少會聽到因宗教問題而產生很大的矛盾。

結婚前後，我經常週日到教堂彌撒，但由於養母和太太都督信佛教和道教，每年春節時分，我都會跟他們一起去黃大仙祠，甚至和太太帶同客戶去到浙江舟山的佛教聖地普陀山。我雖然是一個天主教徒，但我尊重其他宗教，我從不會上香，但我會雙手合什，我認為這是一種尊重，尊重我們的民間傳統。

我的五個孩子，先後信奉基督教。他們對宗教的信念亦

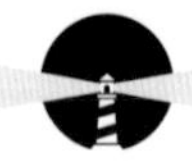

打動了病危的太太，在人生最後的階段決志成為基督徒，亦因有宗教的支持令她有很大的勇氣和信心去面對和完成人生最後的階段，她離世後亦安葬在基督教墳場。

在整個過程，我見到仔女風雨不改的去為太太祈禱，教會人士無私的支持，實在令我非常感動。特別是我的二兒子，他現在喜歡用長途電話和我分享聖經故事，耐心地給我講解聖經。他現在在加拿大一所神學院攻讀兼職神學碩士課程。

那時，我的兒女們在香港浸信教會（堅浸）參與聚會已經好一段日子，有一天，大兒子介紹我認識教會內一些對我信仰生活最重要的人士，例如楊牧師。楊牧師是位智者，跟他交談對我在宗教和人生都有很大的啟發。於是，我就參加了他們的啟發課程，在啟發營裡決志信了耶穌。後來亦有幸認識朱 sir，他是我這輩子遇到最尊敬的主內前輩之一，我非常喜歡參加他的生命小組，他談及聖經內的智慧，耐心地解釋福音，重申了我對信仰的肯定，可惜不久他就離世，回到天家，他的教導仍畢生受用。

有一年，我陪大兒子和兒媳，和教會的一班弟兄姊妹，參加了一次以色列之旅，那是一次非常難忘和愉快的旅行。我不僅對主耶穌居住的地方有了更進一步的了解，也認識了很多教會的新朋友，即使是現在，他們也會經常關心我。

現在我每逢週末，天主教堂、基督教堂兩邊都會去，身邊有些人會奇怪究竟我是天主教徒還是基督教徒？

其實我覺得沒有矛盾，廣義上天主教和基督教都是敬拜上帝和耶穌，分別只在於部分教義、傳教的方式，與及儀式上的分別。我看到兩者的分別，但我更看到兩者都有很多共通之處。

幾年前我因腦下垂而病重，生活在很接近死亡的邊緣，找了很多醫生都查不出是甚麼原因令我食慾不振。整個人瘦削了很多，體重輕了二十磅，子女和教會不斷為我祈禱，之後奇蹟地在一次開會中，有位好朋友，提議我去見她在瑪麗醫院做教授的丈夫，他轉介我去找另一位腦外科醫生，終於找到病因，使我奇蹟地康復過來，這次的經歷令我更了解到人的渺小與及生命的寶貴。

子女偶爾打趣的跟我說，太太的墳墓旁已預留了我將來的位置，但教會規定必須是基督教徒才可在此下葬。這件事對我是兩難的情況，我本身是天主教徒，而且我深信教會對自己成功尋母，展現了很大的恩典。另一方面，我同樣欣賞基督教會，更加想將來可以與太太合葬。

畢竟這是兩難，但沒有困擾我，因為我相信最重要的是一個「信」字。我相信神將他獨一的兒子基督耶穌賜給我們，

是我們的救主，上帝會給我最好的安排。

我所有的孩子和孫子都是重生的基督徒，除了三個住在多倫多的孫子，我很感激，我幾乎每隔一天就能見到其他三個孫子。我愛我的家人，他們是我一生中最寶貴的財富，我知道他們是上帝賜給我和我妻子的，雖然我可能不記得聖經中每一節的經文，但真理始終如一，上帝不朽的愛與我同行。耶穌基督是我的救主，為我的罪死在十字架上，如聖經所說在第三日復活。我最小的兒子用「A」和「Z」命名他的孩子，以記住上帝是「阿爾法」和「歐米茄」(The Alpha and the Omega, the Beginning and the End)。

有一次我翻看公司過往的生意業績，忽然想起我這個來自福建農村的硬骨頭，讀書不多，英文更算是糟糕，但竟然可以在生意上，開創了一些不錯的成績。

我售賣過無數的牙刷、白毛巾、朱古力、電視機和建材，總算可以養活一家人。雖然我的確花過很大的努力，還有太太和子女的幫助，但我知道最大的動力來自天上的父親，感謝您對我一直的支持和照顧，希望我的子子孫孫也要緊靠上帝，不要忘了天父對我們家的恩典。

14/2/2015 19:00

最寶貝的可愛孫兒孫女們

孫兒孫女的告白

親愛的爺爺：

我要感謝您每天都在愛和照顧我和弟弟。當你現在老了，你仍然有精力和我們一起玩，每次我們在一起都能讓我們開心大笑。謝謝您在我們不開心的時候都讓我們開心！感謝您對全家人的愛與關懷。

祝您

身體健康！

你的孫女，沐恩

2021 年 11 月 25 日

Abigail

亲爱的爷爷：

我要感谢您每天都在爱和照顾我和弟弟。当你现在老了，你仍然有精力和我们一起玩，每次我们在一起都能让我们开心大笑。谢谢您在我们不开心的时候都让我们开心！感谢您对全家人的爱与关怀。

祝您身体健康！♡

你的孙女，沐恩
2021年11月25日

Dearest 公公,

Thank you for being a very awesome grandfather and always care for me. You care everything about me, which sometimes I don't even notice, and sometimes I felt annoyed, through everything was for my own good. You are always very brave when it comes to difficulties. You taught me how to see things in an optimistic view. You always remind me 'Do your best, and God will do the rest.' For this I thank you. I love you 公公!

Love,
Sha Sha

Abishai

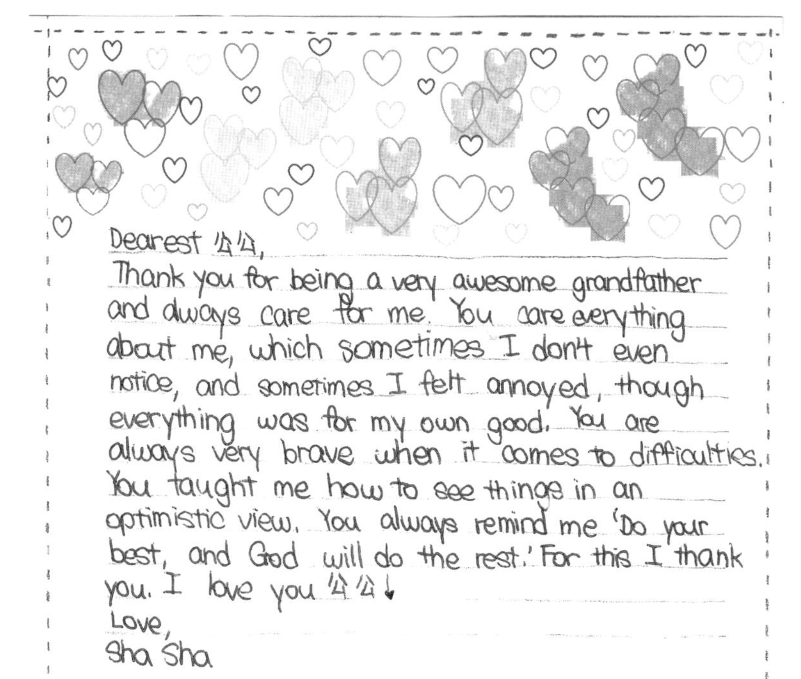

Dearest 公公,

Thank you for being a very awesome grandfather and always care for me. You care everything about me, which sometimes I don't even notice, and sometimes I felt annoyed, though everything was for my own good. You are always very brave when it comes to difficulties. You taught me how to see things in an optimistic view. You always remind me 'Do your best, and God will do the rest.' For this I thank you. I love you 公公♥

Love,

Sha Sha

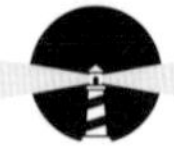

Dear grandpa,

I usually only see my grandpa every bunch of years, since I don't go to visit Hong Kong very often. But when I do visit we would always go out and just walk around the malls and streets. He would love to mess with us whenever we would walk around by just stopping, letting us go ahead, then hiding to see our reaction. He would always laugh when he see our reaction and I would always fall for it. He would always take me a restaurant called "super super congee & noodle" which is now closed of the time of writing this. We would go on all sorts of trip when I go visit. We went on trips to Japan and Taiwan. The Taiwan trip was great but sadly when we went to Japan I got sick the whole time and pretty much missed the entire trip. When think of my grandpa I think of many things. I think he is a smart and successful business man, a hard-working father, a caring grandpa, and a picture of health. He is 81 and he looks so good. I want him to know that he is a great grandpa and a even greater role model. I pray for your health and hope for all your happiness.

– by Chris Chong (grandson)

Dear grandpa,

I am very proud of you grandpa. I've always thought of you as someone to look up to and more so after reading your autobiography. I don't think I would be here as privileged as I am right now if it wasn't for you and your determination to get through every obstacle that stood before you. I am so grateful for everything you have done and provided for my dad's family and for us and you are my inspiration to work around my own obstacles. I love you so very much and will never stop loving you and wanting to learn from you. And now that I can read your autobiography, I get to learn about you and your history too. I'm so glad that you are my grandpa and not anyone else's. How lucky and blessed I am to have someone so amazing take the first step with courage so that I may one day walk on my own.

–by Kimberley Chong (granddaughter)

Dear grandpa,

Before covid, I went almost every year during summer for two months, we would celebrate my birthday there every year, and every year I would look forward to going to Hong Kong because of the fantastic times and memories that are made.

In Hong Kong, YeYe and I would go out for walks almost every day, go to the office, and sometimes go to a bakery at the mall. Something that would always happen is YeYe would walk away from me to hide from me, which is something I won't forget. Every day YeYe and I would have fun just walking and talking.

With YeYe, we didn't go to many new places, but we would always go to some areas with good memories, and those places will always be a part of me when I go to Hong Kong.

A lot of the things that happen in Hong Kong with YeYe are funny, but a few things that I'll never forget is YeYe hiding from me in malls and sometimes even scaring me by doing that; he always jokes a lot about something. He is just a funny person and a fantastic person.

Something really special about YeYe is he has motivation

like no one else. He started from the very bottom and made his way to the top. Even if there were a lot of obstacles in life, he pushed through them all and succeeded greatly. He always wants what's best for his family, pushes all of us, and tells us great lessons that motivate us.

With YeYe, we travelled a lot, and the places I remember are; South Korea, Shanghai, Taiwan, and Thailand.

When I think of YeYe, a strong, loving, caring, intelligent person pops up in my head. With everything he does, he always thinks it through first and thinks of its benefits and disadvantages. He became such a successful person from the beginning with almost nothing. Many people will and do look up to him because of his motivation and his love for his family. Whenever I go to Hong Kong, he teaches us many life lessons, which are the great life lessons anyone could have said. He always thinks about his family and how to make our future more effortless, but he also thinks of motivating us, so we don't become lazy. He provides everyone with everything we need.

–by Matthew Chong (grandson)

Dear 爺爺，

You are such a lovely, funny, and caring grandpa. I enjoy playing Kung-fu with you every single day. I also like to listen to your life story. I couldn't imagine how you survived when you were being sold to another family at around my age. This story has taught me to overcome hardships and to never give up no matter what the circumstances are. I can see how gracious and merciful God is through your story of how you found your birth mother. This story teaches me that God is real, So I will follow Him for the rest of my life.

Thank you for being my grandpa. You are my favorite 爺爺, and you will always be in my heart.

Love,

Zachary

Dear 爺爺,

You are such a lovely, funny, and caring grandpa. I enjoy playing Kung-fu with you every single day. I also like to listen to your life story. I couldn't imagine how you survived when you were being sold to another family at around my age. This story has taught me to overcome hardships and to never give up no matter what the circumstances are. I ca see how gracious and merciful God is through your story of how you found your birth mother. This story teaches me that God is real, so I will follow Him for the rest of my life.

Thank you for being my grandpa. You are my favorite 爺爺, and you will alway be in my heart. ♡

Love,
Zachary

莫失莫忘——我的人生路

作　　者：莊自力　口述；林祖輝　筆錄
責任編輯：黎漢傑
手繪插圖：莊沐恩、馮子翹、莊天恆
法律顧問：陳煦堂　律師

出　　版：初文出版社有限公司
　　　　　電郵：manuscriptpublish@gmail.com

印　　刷：陽光印刷製本廠

發　　行：香港聯合書刊物流有限公司
　　　　　香港新界荃灣德士古道 220-248 號
　　　　　荃灣工業中心 16 樓
　　　　　電話 (852) 2150-2100 傳真 (852) 2407-3062

海外總經銷：貿騰發賣股份有限公司
　　　　　　電話：886-2-82275988 傳真：886-2-82275989
　　　　　　網址：www.namode.com

版　　次：2023 年 12 月初版
國際書號：978-988-76891-4-0
定　　價：港幣 78 元　新臺幣 280 元

Published and printed in Hong Kong

香港印刷及出版